독공

서백의 벽력시(霹靂矢)가 연이어 날아갔다.

콰콰쾅!

"크악!"

"으아악!"

독탄은 쓸 수가 없었고, 육손도 청포인들이 사정거리 밖으로 벗어날 때까지 독공을 미뤄야 했다.

벽력시의 위력에 세 명의 황포인이 피를 뿌리며 꼬꾸라졌지만, 금포인들은 어느새 서백과 육손의 지척까지 달려들었다.

"뒤로 물러서세요, 형님."

서백이 재빨리 뒤로 물러서자, 육손의 쌍장에서 핏빛 독연이 피어올랐다. 순식간에 커진 독연은 그대로 금포인들을 덮쳤다.

"엇!"

누군가의 입에서 당혹성이 터졌다.

거의 동시에 다른 금포인들은 허공에서 몸을 비틀어 뒤쪽으로 물러섰다.

"컥!"

한 금포인이 목을 움켜쥐며 휘청거리자 다른 금포인들이 소스라치게 놀랐다.

"독연이네! 뒤로 물러서게!"

"크억!"

"칵!"

상대적으로 무력이 낮은 황포인들이 저마다 목을 움켜쥐며 쓰러지기 시작했다. 그들은 얼마 버티지 못하고 숨이 끊어졌다.

한편 금포인은 목을 움켜쥔 채로 한참을 몸부림치며 버텼지만, 결국 뒤로 벌러덩 쓰러졌다.

"빌어먹을……. 다른 놈들이 숨어 있었던 것 같소!"

"이런 쌍!"

동료와 수하들의 참혹한 죽음에 금포인들은 분노했지만, 그 자리에서 꼼짝을 하지 못했다. 독이 두려웠던 것이다.

그때였다.

쐐애액!

화살 한 발이 날아와 나무에 박혔다.

금포인들은 재빨리 신법을 펼쳐 좌우로 물러섰다.

쾅!

우지끈!

폭발에 이어 나무가 쓰러졌다.

뒤이어 숲에서 날아든 낭랑한 목소리가 금포인들의 귓속을 흔들었다.

"다음에 또 보자고!"

* * *

청포인들은 귀령가의 무사들이었다. 그들은 남만군의 군영을 정찰하러 왔다가 발각이 되어 격전을 치르게 된 것이었다.

"구명지은에 감사드립니다."

"아군끼리 뭔 그런 말씀을. 자, 일단 치료부터 하죠. 손아 부탁한다."

"예, 형님."

청포인들은 서백과 육손의 정체를 알고 있었다. 그들이 궁왕과 독왕이라는 것을.

그러했기에 적이 추격을 해 오더라도 무사히 빠져나갈

수 있으리라는 안도감에 모두는 안도의 숨을 내쉬었다.
 서백이 물었다.
 "뭘 좀 알아냈습니까?"
 "적 군영 후방에 상당한 규모의 상군(象軍)이 있음을 확인했습니다."
 상군은 코끼리를 말 대신 사용하는 부대를 말함이었다. 남만은 오래전부터 코끼리를 조련하여 전마 대신 사용하곤 했는데, 그 위력이 대단하다는 것은 고대 촉한의 역사서에 잘 기술되어 있었다.
 하지만 서백은 대수롭지 않게 여겼다.
 코끼리가 강력한 파괴력을 지닌 것은 사실이지만 무림인들에게는 그다지 위협적이지 못했다.
 청포인이 말을 이었다.
 "그리고 엄청난 크기의 석차 수십 대가 있었는데, 크기와 규모로 보아 코끼리가 끄는 것 같았습니다."
 "석차라고요?"
 "예. 지난날 서역무림의 석차보다 두 배는 더 커 보였습니다."
 "흠……."
 서백이 미간을 좁혔다.
 석차의 위력은 이미 서역무림과의 전쟁에서 경험을 한 바가 있었다. 그때 하마터면 백야벌과 북부군단의 북방

전선이 뚫릴 뻔했던 아찔한 상황이 여러 번에 걸쳐 있었는데, 모두 석차의 파괴력 때문이었다.

'그 광활한 밀림을 뚫고 석차를 가져오다니. 아니면 이곳에 와서 새로 제작을 한 건가? 그래서 사천성 진입을 미루고 있었던 건가?'

"다른 정보는 없습니까?"

"예. 이게 저희가 확인한 전부입니다. 다만 다른 가문의 정찰 병력이 여러 방향으로 흩어졌으니 저희가 보지 못한 것을 봤을 수도 있지 않겠습니까?"

"그랬으면 좋겠는데……."

그때 육손이 나지막이 외쳤다.

"누가 장포 좀 찢어 주세요."

"아, 예."

한 청포인이 자신의 윗옷을 벗어 길게 찢었다.

육손은 부상자의 환부를 꼼꼼히 동여매고는 허리를 펴고 일어섰다.

"자상이 너무 깊습니다. 일단 응급 처치는 해 두었지만, 속히 군영으로 돌아가 가주님께 치료를 부탁드려야 할 것 같습니다."

동방리를 말함이었다.

서백이 고개를 끄덕였다.

"언제 어디서 적이 나타날지 모르니 함께 돌아가시죠."

"감사합니다. 이 은혜, 죽는 그날까지 결코 잊지 않겠습니다, 대협!"

"그럼 나중에 술이나 한잔 사세요."

씨익!

"네가 앞장을 서 줘야겠다."

"예, 형님."

* * *

이틀 후, 정찰에 나섰던 병력들이 하나둘 돌아왔다.

그런데 꽤 많은 이가 돌아오지 못했다. 정찰 중에 적과 맞닥뜨렸다가 목숨을 잃은 것이다.

특히 월가의 병력이 피해가 컸다. 열두 명이 나갔다가 고작 다섯 명만 돌아온 것이다. 그중 두 명은 목숨이 위태로울 정도로 중상을 입은 상태였다.

연후는 정찰에 나섰던 모두를 불러 수집한 정보를 물었다.

마지막으로 월가의 무사가 이런 말을 했다.

"적들 중에 기괴한 사술을 쓰는 자들이 있었습니다. 중원의 그것과는 완전히 다른 종류의 사술이었는데…… 도저히 상대가 되지 못했습니다."

연후는 내심 놀랐다.

월가는 살수공에 특화된 세력으로 세상에 알려져 있었지만 귀령가만큼이나 환술과 사술에 능한 집단이었다.

그런 그들이 상대가 되지 못할 정도의 수준이라면 상당한 경지에 올랐다고 봐야 했다.

"다들 수고했소. 동료들의 희생은 결코 잊지 않겠소."

모두 물러간 뒤에 연후는 군사 현진과 대화를 나눴다. 현진이 무거운 표정으로 말했다.

"남만에 대한 정보가 워낙에 부족하다 보니 그들의 전력을 파악하기가 결코 쉽지가 않겠습니다. 상군에 석차, 사술을 쓰는 자들…… 더 심각한 것은 그 외에 또 어떤 전력이 있는지 전혀 알 수가 없다는 점입니다."

연후는 묵묵히 고개를 끄덕였다.

"지금껏 중원을 제대로 쳐다보지 못한 자들인데, 나름 자신이 있으니 침공을 해 왔겠지."

"본격적인 전투가 시작되기 전에 최대한 많은 정보를 알아내야 합니다."

"더 강한 고수들을 보내야겠군. 희생을 줄이자면 말이야."

"그렇습니다."

"일단 각 가문과 의논을 해 보도록 하지."

마침 동방리와 서령이 들어섰다. 그녀들이 들어서자 막사 안에 혈향이 진동했다. 부상자들이 워낙에 많았던 까닭이다.

"좀 어떻소?"

"두 명은 치료 중에 명을 달리했고, 몇 명은 생사를 장담할 수 없을 정도로 부상이 심해서…… 일단 오늘 밤을 지켜봐야 할 것 같아요."

"수고했소."

"아니에요. 이렇게라도 도움이 되어야죠. 한데 드릴 말씀이 있어요."

"뭐요?"

"치료 중에 숨진 월가의 무사들에게서 독이 발견됐어요."

남만이 독을 잘 다룬다는 건 익히 알려져 있는 사실이었기에 딱히 새로울 것 없는 정보였다.

그러나 단순히 그뿐이라면 동방리가 이렇게 이야기를 하러 올 리가 없었다.

"문제는 그 무사가 죽기 직전까지도 중독에 의한 증상이 전혀 나타나지 않았다는 점이에요."

"흠."

어떻게 듣느냐에 따라 대수롭지 않게 넘길 수도 있는 이야기였다.

하지만 연후와 현진은 달랐다.

현진은 미간을 좁힌 채 무거운 어조로 말했다.

"중독이 됐음에도 그 증상이 곧바로 나타나지 않는다는 건 중독된 걸 알아차리는 것도 불가능하다는 걸 의미하니, 대규모 전투에서 그런 일이 벌어진다면 사태가 심각해질 수도 있습니다."

"갑자기 무사들이 쓰러지기 시작하면 혼란을 피할 수가 없겠군."

"그렇습니다."

연후는 눈빛을 가라앉혔다.

독이란 중독된 즉시 대처하지 않으면, 시간이 흐를수록 독성이 짙어지며 후에는 일반적인 방법으로는 치료가 불가능해지기도 했다.

이는 상당히 심각한 문제였다.

"육손과 논의를 해 봐야겠어."

연후는 자리를 박차고 일어섰다.

"피곤할 텐데 좀 쉬도록 하시오."

"예."

"돕느라 고생했다."

툭!

연후는 서령의 어깨를 다독거려 주고는 막사를 나섰다. 마침 서백이 밖에 있었다.

"육손은 어디 있지?"

"조금 전에 저기 저 숲으로 들어갔습니다."

"녀석한테 갔나?"
"예."
"가서 내가 좀 보잔다고…… 아니, 내가 그리로 가지."
"제가 모시겠습니다."

* * *

군영 외곽의 숲.

괴인과 열심히 뭔가를 하고 있던 육손이 꾸벅 머리를 숙이고는 괴인을 돌아보며 말했다.

"따라 해 봐, 주군."
"주…… 군."
"안녕하세요."
"안냐…… 세요."
"안녕하세요!"
"안녀…… 시우."

연후와 철우의 표정이 확 변했다.

괴인이 말을 하다니.

서백이 웃으며 말했다.

"얼마 전부터 열심히 교육 중입니다."
"언어 습득이…… 가능하단 말이냐?"

육손이 머리를 긁적이며 대답했다.

"노력 중인데 진도가 너무 느려서……. 그래도 계속하면 어린아이에 준하는 수준까지는 가능할 것 같습니다."

"하……."

철우가 기가 막힌다는 듯 연후를 돌아볼 때, 괴인이 연후를 가리키며 우물거렸다.

"주…… 군. 안냐…… 시오."

연후는 다시 놀랐다.

"사물을 인식하는 건가?"

"예. 눈에 익은 사람이나 사물은 어렴풋이 기억을 하는 것 같습니다."

놀랄 노 자가 따로 없었다. 완벽하게 이지를 상실한 괴인인 줄 알고 있었다.

철우가 물었다.

"먹는 것도 사람과 똑같이 변한 거냐?"

"그건 아닙니다. 얘는 먹지 않아도 배고픔을 느끼지도, 몸에 이상이 생기지도 않습니다. 다만 제가 먹을 때 같이 먹는 버릇을 들이다 보니 지금은 같이 먹고 있습니다."

"주…… 군."

"그만해."

"그마…… 해."

육손이 한숨을 내쉬며 말했다.

"이게 유일한 부작용입니다."

철우가 말했다.

"저 녀석…… 제대로 된 이름을 지어 줘야지 않겠습니까? 나중을 생각해서라도 말입니다."

"이름은 있는데……."

"그거 말고 제대로 된 이름. 누가 들어도 사람처럼 느낄 수 있는 그런 이름 말이다."

"뭐가 좋을까요?"

서백이 불쑥 뛰어들었다.

"육회 어떨까? 입에 착착 감기고 좋지 않냐?"

"육회요?"

발끈.

연후가 쳐다보다 서백은 머리를 긁적이며 입을 다물었다.

연후는 괴인을 잠시 응시했다. 그러다 고개를 저으며 말했다.

"이름은 네가 정하도록 해."

"예."

"그보다 네가 봐야 할 게 있다."

"제가요?"

"정찰에 나갔던 월가의 무사들이 곧바로 증상이 나타나지 않는 독에 당한 모양이다. 하니 네가 한번 살펴보도록 해."

"알겠습니다."

* * *

남만군 군영.
서문회의 막사로 응숙이 찾아왔다.
"편히 주무셨습니까?"
"그럭저럭. 한데 이른 아침부터 무슨 일로 찾아왔는고?"
"저희 남만에서 최고로 쳐주는 술인데…… 입맛에 맞을지 모르겠습니다."
응숙이 금박을 입힌 화려한 술병을 내밀었다.
말투와 표정, 행동까지 변해 있는 응숙을 보며 서문회는 내심 웃었다.
"고맙구나. 잘 마시마."
"하면 저는 이만……."
"잠깐."
"내리실 분부라도……."
"몸은 좀 괜찮아졌느냐?"
"덕분에 많이 좋아졌습니다. 다시 한번 감사드립니다. 군사."
"다시 말하지만 목숨을 중히 여겨야 한다. 살아 있어야 더 큰일을 할 기회가 주어지는 법이니까. 알겠느냐?"

"명심하겠습니다."

"그래. 그만 돌아가 보거라."

응숙이 막사를 떠나자 서문회는 술병을 내려다보며 흡족하게 웃었다.

"순수한 구석이 있었군. 다른 놈들도 다 저러하면 좋으련만."

이쯤 되면 응숙은 더는 걱정하지 않아도 될 것 같았다. 남만왕이 사라지면 틀림없이 자신의 그늘로 들어설 거라 확신이 들었다.

그때였다.

"군사, 응숙입니다."

돌아갔던 응숙의 목소리에 서문회는 손을 뻗어 막사를 젖혔다.

"어째서 다시 왔는고?"

"간밤에 적의 정찰병들과 충돌이 있었는데, 적들 중에 강력한 독을 쓰는 자가 있었다고 합니다. 절정의 수준에 오른 전주 한 명이 허망하게 당했다고 하는데, 아무래도 보고를 올려야 할 것 같아서……."

"독이라고 했느냐?"

"예. 현장에 있었던 무사들이 그 자리에서 떼죽음을 당했다고 합니다."

서문회의 눈빛이 무겁게 가라앉았다.

'중원무림에서 그 정도로 강력한 독공을 지닌 놈이라면…….'

당장 떠오르는 건 육손이었다.

육손이 맞다면?

'이연후, 놈이 이곳에 왔단 말인가?'

연후의 존재 여부. 그것은 서문회에게 무엇보다 중요한 일이었다.

해서 서문회는 강한 자들을 추려서 다시 중원무림의 본진 역할을 하고 있는 사천당가로 보냈다.

먼저 보냈던 자들 중에 돌아온 자는 한 명도 없었다. 더 강한 자들을 추려서 보낸 것은 절대 실패해선 안 된다는 그의 의지였다.

한편 중원이 또다시 전란의 기운에 휩싸여 갈 때, 해동에서도 큰 변고가 발생했다.

* * *

이정무의 군영.

바다가 한눈에 내려다보이는 높은 곳에 자리 잡은 이정무의 막사에 박찬과 김철, 강회가 모였다.

이정무는 없었다.

박찬이 강회에게 물었다.

"정말 완전히 정상으로 돌아온 겁니까?"

"그래. 눈빛이 지난날보다 더 초롱초롱한 걸 보니 더 좋아진 것 같더라."

"다행입니다. 정말 다행입니다."

박찬이 눈시울까지 붉히자, 강회와 김철이 서로를 쳐다보며 멀뚱한 표정을 지었다.

김철이 물었다.

"압록 이불의 무벌이 오송, 그 작자하고 손을 끊은 건 확실한 거요?"

"귓구멍에 뭘 처박았냐? 몇 번을 말해야 믿을 거냐고!"

"아니, 왜 성질을 내고……."

그때 밖에서 발걸음 소리가 흘러들었다. 뒤이어 이정무가 문을 열고 들어섰다.

강회가 벌떡 일어나 머리를 숙였다.

"저 왔습니다."

"어떻게 되었나?"

"무벌을 살펴보다가 대지존을 만났습니다."

"뭐?"

"그게……."

강회는 이정무에게 모든 내용을 상세히 설명했다.

설명이 끝나자 이정무가 흡족한 표정을 지었다.

"이러면 더 이상 북쪽은 신경 쓰지 않아도 되겠군."

김철이 말하고 나섰다.

"그래도 아직 확실한 건 아니지 않습니까?"

"대지존이 직접 나섰다면 믿어도 된다. 무벌의 수장도 백야벌은 두려울 테니까."

강회가 물었다.

"오송, 그 인간이 이 사실을 알게 되면 어떻게 나올 것 같습니까?"

"글쎄다. 어떻게든 수를 내려고 애를 쓰겠지. 하지만 무벌이 돌아섰다면 그자로서는 한 팔이 잘려 나간 것이나 다름없으니 크게 신경 쓰지 않아도 되겠지. 어쨌든 수고했다."

"뭐…… 없습니까?"

"뭐?"

"혼자 개고생을 했는데 포상이라도…… 아닙니다. 그냥 해 본 소립니다."

이정무의 눈빛에 강회는 머리를 긁적이며 입을 다물었다.

그때였다.

"대장군!"

무사 한 명이 황급히 뛰어들었다.

"무슨 일이냐?"

"오송 대장군이…… 갑자기 쓰러져서 사경을 헤매고 있다 합니다!"

"알았으니 그만 물러가거라."

"……예?"

너무나도 태연한 이정무의 반응에 무사가 어리둥절한 표정을 짓자 강회가 손을 휘휘 저었다.

"중요한 얘기를 해야 하니 나가라고!"

"……예."

무사가 나가자 이정무가 다시 한번 흡족하게 웃었다.

"제대로 성공을 한 모양이군."

"그 양반이 하는 일인데 잘못될 리가 있겠습니까. 그나저나 오송 대장군이 죽어 버리면 우리 해동도 더는 시끄럽지 않겠네요."

"아직은 모른다. 오송이 죽으면 형평성을 앞세워 그쪽에서 또 누군가가 뒤를 이어 대장군의 자리에 오를 텐데…… 오송보다 더 악독한 놈이 오르지 않는다는 보장이 없으니 당분간 바짝 신경 쓰고 지켜봐야 한다."

"예."

"옙."

이정무가 냉수를 마시려다가 미간을 좁혔다. 머리를 이리저리 갸웃거리는 박찬을 본 것이다.

"무슨 생각을 하는 거지?"

"아, 그게…… 육손 님이 도대체 어떤 방법으로 오송의 사자의 이지를 제압하신 건지 궁금해서……."

"너라면 어떻게 했을까?"

"솔직히……모르겠습니다."

"……."

딱!

김철이 박찬의 머리를 한 대 쥐어박았다.

"허구한 날 독공에 매달려 살았으면서 이 모양 이 꼴이냐?"

"육손 님이 나보다 한 수 위인데 어떡해."

"자! 다들 그만하고 김철, 강회, 너희 두 명은 오송 대장군 쪽 분위기를 살펴보고, 찬이 너는…… 독공 공부나 열심히 해라."

"……예."

김철과 강회가 막사를 떠나자, 이정무는 한쪽에 보관했던 술병을 꺼내 목을 축였다.

탁!

"한 잔 더 드릴까요?"

"좋지."

쪼르륵.

"압록 이북의 무벌이 결코 만만치 않았을 텐데……확실히 뛰어난 자임에는 틀림없군. 후후후."

이정무는 아주 흡족했다. 연후에게 부탁은 했지만 이렇게 쉽게 해결될 줄은 예상하지 못했다.

"흑월, 그 양반 쪽에서 연락이 없는 게 조금 찜찜합니다. 혹시 잘못된 건 아니겠죠?"

"쉽게 당할 놈이 아니다. 보나 마나 풍천의 공격에 맞서 왕도를 지키느라 정신이 없겠지."

"몇 개월만 지나면 대법 때문에라도 부산포로 와야 할 텐데 말입니다."

"알아서 하겠지."

이정무는 남은 술을 비우고 침상으로 향했다.

"한잠 잘 테니 무슨 일이 있으면 깨워라."

"예."

이정무는 바로 곯아떨어졌다. 코 고는 소리에도 박찬은 독과 관련한 고서를 손에서 놓지 않았다.

그렇게 한 시진쯤 흘렀을까?

"대장군!"

강회의 외침에 이정무가 상체를 일으켰다.

"무슨 일이야?"

"오송이 죽었다고 합니다. 방금 그쪽에서 활동하던 우리 쪽 아이들이 전서를 통해 소식을 전해 왔습니다."

"흠……."

이정무의 낯빛이 무겁게 변했다.

비록 제거할 수밖에 없었던 정적이었지만 그래도 한때는 함께 전장을 누볐던 전우였다.
　'부디 내세에서는 평범한 사람으로 태어나 천수를 누리기를 바라마, 오송.'
　이정무는 침상을 내려와 벗어 놓았던 겉옷을 걸쳤다.
　"왕궁으로 간다. 준비해."
　"알겠습니다."

　　　　　　　＊　＊　＊

　요녕성 북로사령부.
　신휘는 훈련에 여념이 없는 혈왕군을 지켜보며 틈틈이 허점을 지적하며 훈련을 도왔다.
　그는 모용세가의 무사들도 따로 훈련에 참여시켰다. 공식적으로 북로사령부의 일원이 되었으니 최소한의 전술 정도는 익히게 할 목적이었다.
　가주 모용광이 누구보다 적극적이었다. 죽음 직전까지 갔다가 살아서 돌아온 거나 다름없는 그에게 이제 남은 것은 연후와 백야벌에 대한 충성뿐이었다.
　신휘가 모용광을 돌아봤다.
　"가주."
　"예, 대공!"

"실전 경험이 있는 친구들을 따로 추려 보도록 하시오."

"그건 왜……."

"상대적으로 수준이 너무 떨어지면 아니하는 것만 못하니, 실전 경험이 있는 친구들로 따로 추려서 혈왕군의 전술을 가르쳐 줄 생각이오. 그래야 이후 전쟁이 터졌을 때 사상자를 최소화할 수 있을 것이오."

"혈왕군의 전술을 말입니까? 아, 알겠습니다! 내일 중으로 따로 추리도록 하겠습니다!"

모용광은 가슴이 떨렸다.

공포의 대명사로 군림하고 있는 혈왕군의 전술을 익힐 수만 있다면 모용세가의 전력도 한층 강화될 것이 틀림없으리라.

그때였다.

"대공."

무사 한 명이 뛰어왔다.

"무슨 일이냐?"

"상존께서 오셨습니다!"

"……뭐?"

상존(上尊)은 소무백을 말함이었다. 연후는 일선에서 물러난 그에게 누구도 무시하지 못하게 할 목적으로 상존이라는 칭호를 부여했다.

한 나라로 치면 상왕(上王)인 셈이었다.

신휘는 황급히 의자에서 일어나 모용세가의 본채로 향했다.

잠시 후 그는 저만치 앞에서 웃고 있는 소무백을 발견하고는 한걸음에 그의 앞까지 날아갔다.

휘리릭!

소무백이 웃으며 그를 맞았다.

"기별도 없이 불쑥 찾아와 죄송합니다, 대공."

* * *

신휘와 소무백이 마주 앉았다.

소무백으로부터 자초지종을 들은 신휘는 결코 마음이 편치 못했다.

'그냥 편히 계셔도 될 것을…….'

북벌은 누구도 생사를 장담하지 못할 험로(險路)가 될 것이다. 그 길에 소무백이 나선다는 것이 어찌 반가울 수가 있을까.

자연스럽게 소향이 떠올랐다.

이제는 심장의 반쪽이 되어 버린 그녀의 유일한 혈육이 소무백이지 않은가.

"괜찮으시겠습니까?"

"저 또한 백야벌의 무사입니다. 마땅히 천하의 안녕을 위해 일조해야 하지 않겠습니까. 솔직히 대지존께서 허락을 해 주시지 않으면 어쩌나 걱정했는데, 다행히 허락을 해 주셔서 한없이 기쁩니다."

신휘는 깨달았다. 소무백이 결코 마음을 되돌리지 않으리라는 것을.

신휘의 무거운 표정에 소무백은 웃으며 말을 이었다.

"너무 걱정하지 마세요. 이래 봬도 선친의 무공을 익혔습니다. 전장에서 결코 누가 되지 않도록 하겠습니다, 대공."

* * *

소무백이 거처로 들어간 이후, 신휘는 호위장 허도와 독대했다.

"호위 병력은 얼마나 데려왔소?"

"일전에 대지존께서 직접 훈련을 시킨 친구들 쉰 명입니다."

"대지존이 전수한 무공과 전술은 어느 정도까지 수련했소?"

"최종 단계까지 모두 익혔습니다. 다만 실전에서 사용을 해 본 적이 없어 그것이 걱정입니다."

"앞으로 실전보다 더 혹독한 훈련을 하게 될 거요. 물론 내가 직접 훈련시킬 테니 호위장도 마음 독하게 먹어야 할 거요."

"영광입니다, 대공."

포권을 취하며 머리를 조아린 허도가 품속에서 뭔가를 꺼내어 내밀었다.

비단을 둘러서 만든 연통이었다.

"아가씨께서 전해 드리라고 하셨습니다."

"……."

"그럼 저는 이만."

허도가 물러가자 신휘는 연통을 열어 돌돌 말려 있던 서찰을 꺼내어 펼쳤다.

서찰을 읽어 가는 신휘의 입가에 미소가 번져 갔다.

하지만 마지막 글귀에서 표정이 굳어졌다.

오라버니를 부탁해요.

파르르…….

신휘는 눈빛을 떨었다.

소무백을 떠나보낼 때 그녀의 마음이 어떠했을까를 생각하니 가슴이 아렸다. 아마 이 글도 눈물을 흘리며 썼으리라.

신휘는 서찰을 말아 연통에 넣고는 품속에 갈무리했다. 그러고는 창문을 열어 남쪽을 바라봤다.

석양이 드리우기 시작한 서산 위로 소향의 얼굴이 떠올라 있었다.

'걱정 마시오. 상존은 내가 지켜 드리겠소.'

* * *

스르릉.

소무백은 천천히 검을 뽑았다.

다시는 뽑을 일이 없을 거라 여겼던 검은 그의 것이 아닌 철군악의 검이었다.

'미안합니다. 생전에 이런 모습을 보여 드렸어야 했는데…… 미안합니다, 사형.'

창을 통해 들이친 빛이 검신에 반사되어 소무백의 얼굴을 하얗게 물들였다.

소무백은 검신을 닦기 시작했다.

그러기를 한 시진이나 지나고서야 그는 검을 거두었다.

철컥!

"상존, 허도입니다."

"들어오세요."

허도가 들어섰다. 그의 손에는 소무백이 좋아하는 술이 들려 있었다.

"다행히 이곳에 이 술이 있어서 몇 병 챙겨 왔습니다."

"호위장."

"예, 상존."

"내일부터 호위들과 함께 막사에서 머물 생각입니다. 함께 지내면서 훈련을 비롯한 모든 것을 함께할 생각이니 그렇게 아세요."

"굳이 그렇게까지……."

"아닙니다. 그렇게 하겠습니다."

"알겠습니다."

소무백이 옅은 미소를 머금으며 말을 이었다.

"모처럼이니 같이 한잔할까요?"

"하면 상을 준비하라 이르겠습니다."

"아닙니다. 이 술만 있으면 됩니다."

"……예."

허도는 소무백의 맞은편에 앉았다. 소무백이 그에게 술병 하나를 내밀었다.

"사형과 술을 마실 때 종종 병째 들이켜곤 했는데, 괜찮겠습니까?"

"저는 괜찮습니다만……."

"한 모금 하세요."

"예."

소무백은 병째 술을 들이켰다.

허도는 몇 모금 들이켜고 술병을 내려놓았다. 그런데 소무백은 술을 다 비우고서야 술병을 내려놓았다.

탁!

'이런 모습은 처음인데……'

지금껏 소무백은 무인이 아니라 문인에 가까운 사람이었다. 또한 단 한 번도 흐트러진 모습을 보인 적도 없었고, 속내를 드러낸 적도 거의 없었다.

찌잉.

허도는 가슴이 아렸다.

'진정 모든 것을 내려놓으셨구나.'

* * *

휘이잉!

제법 거센 바람이 사천의 숲을 이리저리 흔들었다. 며칠 사이 바람은 제법 차가워졌고, 아침이면 서리가 내려앉기 시작했다.

하지만 그것도 잠시, 해가 중천에 이르면 언제 그랬냐는 듯 온기가 세상을 덮었다.

이미 겨울로 접어들기 시작한 중원의 북부와 달리, 이

곳 사천은 여전히 따뜻했다.

연후는 현진과 나란히 걸었다.

철우가 조금 뒤에서 두 사람을 따랐다.

"적이 예상보다 움직임이 둔합니다. 지금까지의 기세라면 지금쯤 벌써 어떤 형태로든 움직임을 보였어야 하는데 말입니다."

"팔대가문의 네 곳이 이곳에 와 있다. 적도 그것을 모를 리 없을 테니 신중을 기하는 거겠지."

"주군이 오신 것도 알고 있을까요?"

"어쩌면."

끼아악!

하늘 위로 독수리 두 마리가 포효하며 지나갔다. 독수리들이 나타나자 지저귀던 새들이 감쪽같이 사라졌고, 이내 숲은 조용하게 변해 갔다. 육손의 독수리들이었다.

연후는 남쪽으로 사라지는 독수리들을 잠시 지켜보다가 슬며시 미간을 좁혔다.

"아직 서문회의 존재를 확인하지 못했다. 그 전까지는 우리도 함부로 움직여선 안 돼."

"서문회를 너무 크게 보시는 것 같습니다."

"대단한 자임에는 틀림없으니까."

"그렇긴 하지만 그 혼자서 할 수 있는 건 거의 없습니다. 하물며 대군이 충돌하는 이런 전쟁에서라면 더욱더 그러하지 않겠습니까?"

 연후는 고개를 저었다.

 "그는 중원무림의 생리를 너무나도 잘 알고 있다. 여기와 있는 네 가문의 약점까지도. 섣불리 움직이면 피해가 커질 수밖에 없으니 지금은 참아야 할 때다. 어차피 시간은 우리 편이니까."

 "……."

 연후는 현진을 돌아보며 물었다.

 "내가 가장 우려하는 것이 뭔지 아나?"

 "말씀해 주십시오."

 "서문회가 모든 것을 잃어 봤다는 거다. 모든 것을 잃어 본 사람이 세력을 얻는다면 어떻게 될까?"

 "……."

 연후는 한 호흡 쉬었다가 말을 이었다.

 "서문회는 야망이 큰 자다. 또한 누구보다 냉철한 판단력의 소유자였다. 그런 자는 절대 두 번의 실패를 되풀이하지 않는 법이다."

 "그자가 남만군과 함께하고 있다면 시간이 결코 자신들의 편이 아니라는 것쯤은 알고 있을 텐데…… 그럼에도 움직임이 둔하다면 없다고 보는 게 옳지 않겠습니까?"

 "그러면 다행인데……."

말을 하던 연후의 두 눈이 기광을 번뜩였다.

거의 동시에 뒤에서 따라오던 철우가 좌측 숲을 향해 뛰어들었다.

까강!

"으악!"

한 줄기 단말마가 철우가 뛰어든 곳에서 터져 나왔다. 뒤이어 뒤쪽 숲이 크게 흔들렸다.

연후는 그 모습을 보며 담담히 외쳤다.

"쫓지 마라, 철우."

철우가 숲을 헤치며 나섰다.

"적의 정찰 병력이었습니다. 한데 왜 쫓지 말라 하셨습니까?"

철우가 의아한 표정을 감추지 못했다. 그건 현진도 마찬가지였다.

"지금 내가 무슨 옷을 입었나?"

"……."

지금 연후는 조영의 모친이 직접 지어 준 무복을 입고 있었다. 황금색 수실로 용을 수놓은 흑포는 온 천하에 그의 상징처럼 알려져 있었다.

철우가 물었다.

"일부러 주군의 정체를 적에게 드러내기 위해서 그 옷을 입으셨단 말입니까?"

"그래."

현진이 이제야 연후의 뜻을 이해한 듯 머리를 끄덕이며 중얼거렸다.

"시간을 벌고자 함이셨군요."

"바로 봤어. 내가 이곳에 왔다는 것을 알게 되면 적은 더 신중할 수밖에 없을 테지."

현진이 빙그레 웃었다.

그 웃음에 연후를 향한 그의 평가가 모두 담겨 있었다.

"목적을 달성하셨으니 이만 돌아가시지요."

"조금 더 걸어. 아침 공기가 꽤 좋잖아."

연후는 느긋하게 산책을 즐겼다.

현진은 그런 연후를 응시하며 다시 한번 미소를 머금었다.

'남만군에 서문회가 있다 한들 무슨 의미가 있을까. 어차피 이 전쟁은 처음부터 승패가 결정지어진 거나 마찬가지일지도……'

* * *

석양이 드리우기 시작한 저녁 무렵.

서문회는 홀로 식사를 했다.

인피면구를 썼을 때 가장 불편한 점이 바로 식사를 할

때였다. 아무리 얇고 정교하게 만들어도 피부에 가하는 압력 때문에 입을 벌리기가 번거로운 까닭이었다.

하나 서문회는 혼자가 되었음에도 식사를 느긋하게 즐기지 못했다.

바로 연후 때문이었다.

'정녕 놈이 이곳에 왔단 말인가?'

육손과 서백의 존재만으로 연후가 왔다는 것을 확신할 순 없었다.

해서 더 강한 고수들을 추려 정찰을 보내 두었는데, 아직까지 아무도 돌아오지 않고 있었다.

탁!

입맛이 떨어진 걸까? 젓가락을 내려놓은 서문회는 술 한 잔을 비우고는 막사를 나섰다.

그때 저만치 앞에서 웅숙이 달려왔다.

"군사!"

"무슨 일인가?"

"대지존 이연후가 사천당가에 와 있음을 확인했습니다!"

"……틀림없이 그놈이란 말이냐?"

"예. 정찰에 나섰던 무사들이 산책을 하는 그자를 두 눈으로 똑똑히 보았다고 합니다."

'결국 왔구나, 이놈……..'

서문회는 조금 전에 먹었던 밥이 체할 것만 같았다.

"알았으니 너는 수뇌부들에게 가서 반 시진 후에 이곳으로 모두 모이라고 전하거라."

"전하께도 알립니까?"

"……전하께는 알리지 말거라. 이건 아랫사람들끼리 논의해도 충분한 것이니까."

"알겠습니다."

응숙이 돌아가자 서문회는 곧장 막사 뒤쪽의 뒷간으로 향했다. 갑자기 복통이 치민 것이다.

서문회는 뒷간에 앉아 대응책을 고심했다.

'곧 있으면 겨울이 본격적으로 시작된다. 제아무리 다른 중원의 북부 지역보다 따뜻한 사천성이라지만, 본격적으로 추위가 심해지면 사기가 꺾일 게 틀림없다. 그 전에 어떻게든 사천성을 점령해야 하는데…….'

연후가 사천당가에 버티고 있다면, 생각보다 일이 어려워질 수 있었다.

더 큰 문제는 이후 얼마나 많은 병력이 지원을 해 올지도 예상할 수 없다는 점이었다.

순간 한 줄기 진한 의문이 뇌리를 스치고 지나갔다.

'북벌 준비에 한창이었던 놈이 왜 이곳으로 내려왔을까? 남만군 정도는 팔대가문에 맡겨도 될 터인데…….'

서문회는 연후가 자신이 이곳에 있음을 의심한다는 것

을 까맣게 모르고 있었다. 하니 이런 식의 의문을 갖는 건 당연한 것이었다.

꾸르륵!

그때 배가 들끓었다.

서문회는 이내 모든 생각을 접어 두고 본능에 충실했다.

* * *

검가의 일장로 강유가 도착했다.

북궁천을 비롯한 검가의 수뇌부는 사천당가의 정문을 넘어 관도까지 나아가 그를 맞았다.

강유는 북궁천의 가장 강력한 정적이기 이전에 검가 최고의 배분이었다.

한편 강유의 도착은 연후에게도 전해졌다.

"검가의 제일장로가 도착했다고 합니다."

철우의 그 말에 연후는 의미심장한 미소를 머금었다.

"드디어 보게 되는군."

사실 연후는 강유가 어떤 인간인지 무척 궁금했었다. 대체 어떤 인간이기에 검신 북궁소 시절부터 주군가의 가장 강력한 정적으로 군림해 왔는지, 그 이유와 실력이 궁금했다.

"한 명은 병사하고, 한 명은 전사했으니 이제 북궁 가주에게 걸림돌이 될 만한 자는 그 하나만 남은 건가?"

"지금껏 전면에 직접 나선 적이 없다고 하던데, 그래서인지 모두가 의외라고 합니다."

"무슨 꿍꿍이가 있겠지."

현진이 조심스럽게 물었다.

"검가의 일장로를 마땅치 않아 하시는 것 같습니다."

"나는 북궁 가주가 검가를 넘어 남부무림의 진정한 주군이 되기를 바란다. 그가 주군의 권좌에 오르면 우리 북천은 강력한 우군을 얻게 되는 셈이니까."

"북궁 가주를 절대적으로 믿으시는군요."

"그는 믿어도 될 사람이다."

"사람의 속은 누구도 알 수 없는 법이니 조금은 마음을 닫아 두심이 좋겠습니다만."

"뜻밖이군. 네가 그런 말을 다 하다니."

"북천을 위해서라고 생각하십시오."

"참고하지."

연후는 자리를 떨치고 일어섰다.

"좀 쉬어야겠으니 어지간한 일이 아니면 방해하지 않도록 해."

"곧 검가의 일장로가 주군을 뵈러 올 텐데……."

"잔다고 해."

"……."

모두가 당혹스러운 표정을 지을 때, 연후는 동방리의 막사로 넘어갔다.

"여기서 좀 쉬어야겠소."

"예?"

"곤란하면 나가겠소."

"그게 아니라 검가의 일장로께서 인사를 드리러 오면 어쩌시려고……."

"그자 때문에 잠시 피하려는 것이오."

"……."

서령이 일어섰다.

"좋은 시간 보내세요."

* * *

막사를 나온 서령은 곧장 군영 외곽으로 향했다.

군영 서쪽에 제법 큰 강이 흐르고 있었는데, 그곳에 낚시를 하는 사람들이 제법 많았다.

서령은 평온하기 짝이 없는 낚시꾼들을 응시하며 피식 웃었다.

'남만이 코앞까지 올라왔는데…… 그조차도 저들에게는 삶과 무관한 것일까? 그래, 어쩌면 저 사람들이 진정

한 삶을 살아가는 것일지도.'

휘이잉!

서령은 산들바람을 온몸으로 만끽하며 강으로 향했다. 그러다가 걸음을 멈춘 것은 다가오는 두 명의 홍포인을 보았을 때였다. 혈가의 복장이었다.

그들은 정확하게 그녀를 향해 다가오며 음탕한 눈빛을 노골적으로 보내고 있었다.

"저, 소저. 잠시 시간이 되면……."

"싫으니까 꺼져."

"……뭐?"

"뭐든 싫으니까 꺼지라고."

"이런 썅!"

두 홍포인의 얼굴이 벌겋게 달아올랐다.

"어이, 우리가 무슨 말을 할 줄 알고 싫다는 거야!"

"이 여자가 싸가지를 밥 말아 처먹었나."

서령은 발끈하는 두 홍포인을 팔짱을 낀 채 조용히 쳐다봤다.

"너희들…… 강호초출이니?"

"뭐라고?"

"머리통 떼어 버리기 전에 비켜. 마지막 경고야?"

"이런 빌어먹을 계……."

퍽!

"컥!"

한 홍포인이 허리를 새우처럼 꺾었다. 서령은 그저 주먹을 뻗는 시늉만 했을 뿐이었다.

짝!

"억!"

다른 홍포인의 얼굴이 세차게 돌아갔다. 그런 홍포인의 뺨에 수인(手印)이 마치 그려 놓은 것처럼 선명하게 찍혀 있었다.

"군영의 분위기 때문에 살려 주는 거야. 하지만 이후 한 번만 더 아무 여자한테나 흘리고 다지면 그땐 고자를 만들어 버릴 테니 알아서들 해."

사내들에게 가장 섬뜩한(?) 경고를 한 서령은 바닥에 쓰러진 홍포인들을 지나 강으로 향했다.

그때 또 다른 홍포인 두 명이 달려왔다. 그들은 고통에 신음하는 동료들의 모습에 놀란 표정으로 물었다.

"이봐, 너희들! 무슨 일이야!"

"저 빌어먹을 계집이…… 잡아!"

"너 설마…… 저분하고 시비가 붙은 거냐?"

"저분이고 나발이고 잡으라고, 새끼야!"

"이런 미친 새끼……."

한 홍포인이 서령의 뒷모습을 힐끗 쳐다보고는 사색이 된 얼굴로 중얼거리듯 말했다.

"망했다, 씨팔."

다른 홍포인이 뺨을 맞고 피를 철철 흘리는 동료의 머리를 쥐어박으며 말했다.

"이런 멍청한 새끼……. 아무리 눈깔이 삐었어도 소수마녀를 몰라보다니."

"……!"

"소수마녀?"

두 홍포인의 낯빛이 이내 창백하게 변했다.

소수마녀 서령의 위명 때문만은 아니었다. 그녀가 어디 소속인지, 또한 어떤 사람을 호위하고 있는지 그것이 그들을 더 두렵게 만든 것이다.

"얼른 가서 빌어!"

"잘못되면 가주님에게까지 해가 미칠지도 모르니 가서 손이 발이 되도록 빌어, 새끼들아! 어서!"

"……!"

두 홍포인이 서로를 쳐다보더니 이내 바람처럼 서령을 향해 달려갔다.

다른 홍포인들은 제발 일이 커지지 않기를 바라며 서령과 동료들을 응시했다.

그때였다.

퍽퍽!

"으악!"

"크억!"

 동료들이 가랑잎처럼 날아가는 것을 본 두 홍포인의 얼굴이 다시금 창백하게 변했다.

 "빌어먹을, 이 일을 대체 어쩌냐? 다른 사람도 아닌 장차 북천의 주모가 될 분을 호위하고 있는 소수마녀를 희롱하려고 들었으니……."

2장
서문회, 결단을 내리다

서문회, 결단을 내리다

검가의 일장로 강유는 곧장 연후를 찾았다. 내키지 않았지만 어쨌든 인사부터 해야 했다.

서백이 그를 맞았다.

"무슨 일입니까?"

"대지존을 뵈러 왔네."

"누구신데요?"

"검가의 제일장로라고 전하게."

"주군은 지금 주무시고 계십니다. 하니 지금은 곤란할 것 같습니다."

꿈틀.

강유의 눈썹이 날카롭게 휘어졌다.

하지만 아랑곳할 서백이 아니었다.

"주무실 땐 누구의 예방(禮訪)도 받지 않으셔서요. 하니 지금은 그냥 돌아가셔야 할 것 같습니다."

어쩌겠나. 상황이 그렇다는데.

하지만 강유는 서백의 태도가 거슬렸다.

"하면 처음부터 주무신다고 하면 될 것을······. 자네 정체가 뭔가?"

"서백입니다."

"······!"

강유는 미처 몰라봤었다. 서백이 작금의 무림에서 그 유명한 궁왕이라는 것을.

수행원으로 따라온 중년인이 강유를 돌아보며 조심스럽게 말했다.

"이만 돌아가시지요, 장로님."

"크흠!"

강유는 서백을 매섭게 노려보고는 발길을 돌렸다. 서백은 멀어지는 강유의 뒷모습을 응시하며 슬며시 미간을 좁혔다.

"확실히 보통 성격이 아니네."

* * *

"고약한······."

강유는 화가 잔뜩 나 있었다.

연후가 자신이 왔다는 것을 모를 리 없을 터. 그런데도 예방을 받을 생각도 하지 않고 잠을 자다니.

가뜩이나 북궁천에게 힘을 실어 준다는 소문이 있어 평소에도 연후를 탐탁지 않게 여겼던 그로서는 화가 날 수밖에 없었다.

중년인이 말했다.

"소문대로 예법에 소홀한 자인 것 같습니다. 하니 그만 노여움을 푸십시오."

"백야벌의 대지존이다! 그런 자가 최소한의 예법조차 모를 수 있다는 게 참으로 한심하구나!"

"……그러게 말입니다."

중년인은 강유의 비위를 맞추면서도 혹시라도 누구 들을까 노심초사했다.

잠시 후 강유는 검가의 군영으로 들어섰다.

군영 한복판에 무사들이 모여서 막사를 짓느라 여념이 없었다. 강유가 머물 막사였다.

마침 북궁천이 다가왔다.

"곧 막사가 지어질 테니 그때까지는 저리로 드시지요."

"가주의 막사요?"

"예."

"크흠!"

강유는 거침없이 북궁천의 막사로 들어갔다.

북궁천은 막사 안으로 들어가지 않고 밖에서 말했다.

"필요하신 것이 있으면 무사들을 시키십시오."

"알겠소!"

북궁천이 돌아서자 중년인이 그를 향해 살짝 머리만 숙이고는 막사 안으로 들어갔다.

멀지 않은 곳에 있던 군사 백도량이 나지막이 한숨을 내쉬었다.

'아무런 사달도 일어나지 않아야 할 텐데…….'

그는 강유가 이곳으로 온다고 할 때부터 불안했다. 지금껏 대외적인 일에 직접 나선 적이 없었던 강유의 속내가 무엇인지, 또한 그가 무엇을 바라는지 추측을 해 봤지만 마땅히 떠오르는 게 없었다.

그때 북궁천이 다가왔다.

백도량은 재빨리 표정을 고쳤다.

"군사."

"예."

"장로께서 불편함이 없으시도록 군사께서 각별히 신경을 써 주셨으면 합니다."

"염려 마십시오. 아이들을 상시 배치시켜 두도록 하겠습니다."

"무사들에게 맡기면 필시 역정을 내실 겁니다. 하니 군사께서 직접 나서 주세요."

"……알겠습니다."

"저는 좀 쉬어야겠습니다."

북궁천은 사천당가의 귀빈각으로 향했다. 이곳에 온 이후로 막사에서 줄곧 머물렀지만 잠시 강유에게 내주었으니 쉴 곳은 거기뿐이었다.

북궁천은 걸어가면서 여전히 완고한 강유를 떠올리며 눈빛을 가라앉혔다.

'남부무림의 최고 어른이니 예를 다해 모시겠습니다. 하나 여기에서까지 정쟁을 끌어들이려 하신다면 저도 가만히 있지 않을 것입니다.'

* * *

서문회는 이틀째 막사에서 한 걸음도 나서지 않고 고심에 고심을 거듭했다.

대법을 통해 남만왕을 수족으로 부릴 수 있게 된 것까지는 모든 것이 순조로웠다.

하지만 연후가 이곳으로 내려오면서 상황은 그의 계획과는 달리 완전히 어긋나고 말았다.

'놈이 내려올 수도 있다는 것을 간과했다.'

당초 목표는 사천성을 점령하고 섬서성의 남부 지역까

지 전선을 끌어 올리는 것이었다. 그다음 그곳에서 겨울을 보낸 후, 따뜻한 봄에 다시 진격을 시작할 계획이었다.

하지만 연후가 있다면 사천성을 점령하는 것조차도 장담할 수가 없었다.

이제 그의 선택지는 두 개뿐이었다.

하나는 이곳에서 겨울을 나면서 전력을 강화하는 것이었고, 다른 하나는 지금이라도 총공세를 가해 중원연합군을 섬서성까지 쫓아내는 것이었다.

마음은 후자로 기울었다.

하지만 선뜻 선택을 내릴 수가 없었다.

'이놈들이 모조리 죽어도 하나 아깝지 않다. 하지만 이놈들이 아니면 더는 내가 가질 세력은 천하에 존재하지 않는다.'

그것이 문제였다.

그에게 남만군은 최후의 보루나 마찬가지였다. 그들을 허망하게 잃을 순 없는 노릇이었다.

다시 한번 서문회는 십만대산에서 두 세력의 잔당들을 취하지 못한 것이 통한으로 다가왔다. 그들에 더해 남만군까지 합쳤더라면 지금보다 훨씬 더 강력한 전력을 구축할 수 있었으리라.

고심은 점점 더 깊어져 갔다.

그러다가 어느 순간에 이르러 서문회의 두 눈이 번뜩였다.

꽈악.

서문회는 지그시 입술을 깨물었다.

'여기서 겨울을 보내면서 전력을 강화한다 한들, 그건 상대도 마찬가지일 터. 하니 겨울이 더 가까워지기 전에 움직여야 한다.'

* * *

서문회는 남만왕과 독대했다. 남만왕의 곁을 한시도 떠나지 않았던 시녀들도 모두 막사 밖으로 쫓아냈다.

"드릴 말씀이 있습니다."

"어서 해 보시오."

"적이 전력을 더 보강하기 전에, 수적인 우위를 점하고 있는 지금 선제공격을 할까 합니다."

"백야벌의 대지존이 와 있다고 하던데 괜찮겠소?"

꿈틀.

"제가 괜찮다면 괜찮은 것이고, 제가 하겠다면 전하께서는 그저 허락하면 될 일입니다."

"……알겠소. 군사의 뜻이 그러하다면 내 어찌 말릴 수 있겠소."

서문회, 결단을 내리다 〈59〉

남만왕의 눈빛이 흐릿하게 변해 가자 서문회는 바로 요구 사항을 말했다.

"그 전에 먼저 전권을 제게 주셔야겠습니다. 모두가 보는 앞에서 말입니다."

"알겠소. 그렇게 하겠소."

"그리고 전하께서도 친정(親征)에 나서야 합니다."

"친정을…… 말이오?"

"전하께서 선두에 서신다면 군사들의 사기가 하늘을 찌를 터. 하면 저 흉악한 중원무림도 감히 막지 못할 것입니다."

"……."

남만왕이 머뭇거리자 서문회의 두 눈에서 살광이 일어났다.

남만왕의 두 눈이 정기를 머금어 가고 있었다. 확실히 대법은 완벽하게 걸리지 않은 모양이었다.

[네놈이 죽고 싶은 모양이구나. 지금 당장 여기서 죽여주길 바라느냐!]

남만왕의 눈빛이 다시 흐릿하게 변했다.

"알겠소. 내 친히 선두에 서겠소."

* * *

남만군의 군영 근처.

정찰에 나선 혈가의 무사들이 군영 근처의 숲에 몸을 숨긴 채 동태를 살피느라 여념이 없었다.

"아침부터 여기 죽치고 있었는데, 오늘은 그냥 돌아갑시다, 형님."

"해가 떨어질 때까지는 지켜봐야지."

"형님."

"두말하게 할 테냐?"

"……."

"건량으로 배나 채워 둬라."

"……예."

정찰에 나선 혈가의 무사는 모두 다섯. 일전에 정찰에 나섰다가 꽤 많은 이들이 죽은 이후로 각 가문의 수장들은 더 강한 고수들로 하여금 정찰에 투입했다.

지금 여기 와 있는 혈가의 무사들도 무력만 놓고 보면 각 부대의 대주급 이상의 고수들이었다.

"빌어먹을 새끼들이, 쳐들어왔으면 공격을 하든 해야지 여기서 죽치고 앉아 뭐하자는 거야."

"나는 대지존을 이해할 수가 없수."

"무슨 소리냐?"

"쪽수는 저놈들이 많아도, 전력은 우리가 더 강할 텐데 왜 기다리라고만 하는지 모르겠소. 군영의 위치도 알겠다, 그냥 야음을 틈타 기습 공격을 하면 충분히 무너뜨릴 수 있을 것 같은데 말이오."
"다 생각이 있겠지."
"아니, 그러니까 그 생각이라는 게 도대체 뭔지……컥!"

따지듯 하던 자가 갑자기 목을 움켜쥐며 휘청거렸다. 뒤이어 코와 귀에서 피가 흘러내리더니 이내 앞으로 꼬꾸라졌다.

"독이다! 호흡을 멈춰라!"

다급히 외친 장한이 검을 뽑으며 돌아섰다.

그때 다른 자들도 신음을 토하며 맥없이 쓰러졌다.

털썩!

쿵!

사사삭!

수풀을 헤치며 나서는 자들이 있었다.

짐승의 가죽을 덧대어 만든 기괴한 복장에 머리에 온갖 장신구를 주렁주렁 달고 있는 자들이었다.

"쥐새끼들이 겁도 없이 함부로 떠들어 대? 그러니까 뒈지는 거야. 크크크."

"키키킥!"

"이놈은 사로잡아서 군사께 끌고 가야겠다."

"키키키!"

괴인들이 다가오자 장한은 두 손으로 검을 움켜쥔 채로

뒤로 물러섰다.

하지만 곧 뒤에도 적이 있음을 깨닫고는 어금니를 악물었다.

꽈악!

'살아서 돌아가기는 글렀구나.'

한 괴인이 누런 이를 드러내며 히죽 웃었다.

"다리 하나 잘라서 끌고 가기 전에 순순히 항복하는 게 좋지 않을까? 어차피 죽을 거, 고통스럽게 죽으면 너만 손해잖아? 안 그래? 키키키!"

"내가 누군지 아나?"

"내가 그럴 어떻게 알아? 물론 관심도 없지만. 키키키!"

"혈가의 무사야, 개새끼들아!"

푹!

"엥?"

"뭐야?"

괴인들이 두 눈을 한껏 치떴다.

장한이 검을 돌려서 자신의 가슴을 찌른 것이다. 장한이 서서히 무너지며 부르짖었다.

"너흰…… 너희가 상대해야 할 사람이 얼마나 무서운 존재인지…… 죽기 전에는 절대 모를 거다."

털썩!

장한은 엉덩방아를 찧으며 주저앉았다. 그리고 그 자세

그대로 숨이 끊어졌다.

"키아, 독종 새끼!"

"기왕에 죽을 거면 정보나 주고 죽을 것이지. 크아악!"

"개새끼! 갈기갈기 찢어발겨!"

퍼퍽!

두 괴인이 장한의 몸을 난도질하기 시작했다.

* * *

같은 시각.

남만군의 군영 주변 모든 숲에서 비슷한 일이 벌어지고 있었다.

마치 남만군은 중원연합의 무사들이 어디에 있는지 처음부터 알고 있었다는 듯 정확하게 그들을 찾아내어 죽였다.

몇몇이 간신히 탈출에 성공했지만, 숲을 빠져나가기 전에 피를 토하며 죽었다. 독에 당한 것이었다.

* * *

그날 저녁.

총사 한송은 각 가문으로부터 아무런 보고가 올라오지

않자 수뇌부들을 불러 모았다.

"하루에 한 번 보고를 하게끔 되어 있는데, 어째서 아무도 보고를 하지 않는 것이오?"

북궁천이 먼저 대답했다.

"아직 돌아오지 않았습니다."

"우리 혈가도 마찬가지요."

"우리도."

홍무와 야월이 차례로 대답했다.

야월이 시큰둥한 표정으로 말했다.

"그러게 전서구를 이용하자고 하지 않았소."

"남쪽 숲 지대는 독수리들의 왕국이라 불리는 곳이오. 전서구를 쓰면 십중팔구 사냥을 당함은 물론이고, 자칫 잘못하면 적에게 역정보를 내줄 수가 있음을 어찌 모르시오."

북궁천이 말하고 나섰다.

"아무래도 느낌이 좋지 않습니다. 설사 정찰 중에 무슨 일이 벌어졌다 해도 전 가문의 무사들이 일시에 다 당할 수는 없는 법인데 말입니다."

"흠……."

한송은 묵묵히 고개를 끄덕이며 눈빛을 가라앉혔다. 지금껏 이런 경우는 처음이었기에 그도 불안감을 지울 수가 없었다.

그때였다.

"가주!"

중년인 하나가 황급히 뛰어들었다. 귀령가의 수뇌부 중 한 명이었다.

"적으로 추정되는 대규모 병력이 사천당가의 우측 산악 지대를 타고 북상 중이라는 보고가 올라왔습니다!"

"뭣이!"

홍무가 미간을 좁혔다.

"대규모라고 했는가?"

"예. 어림잡아 오만은 넘는 것 같다고 합니다."

"하면 여기까지 올라오는 동안에 이중, 삼중으로 배치해 두었던 경계 병력이 전혀 눈치를 채지 못했다는 것인데……."

탁!

한송이 자리를 박차고 일어섰다.

"대지존께는 보고를 올렸는가?"

"아닙니다. 가주께 먼저 달려오는 길입니다."

"하면 본인은 대지존께 가 봐야겠으니 다들 출전 준비를 서두르도록 하시오!"

* * *

연후와 현진, 한송이 한자리에 앉았다.

연후는 한송을 돌아보며 물었다.

"당가의 우측 산악 지대라고 했습니까?"

"그렇습니다."

"그곳을 타고 쭉 올라가면 섬서성인데……."

말끝을 흐리며 눈빛을 가라앉힌 연후는 잠시 생각을 하는 듯하다가 말을 이었다.

"섬서성으로 올라가지는 않을 거다. 오만 병력만 먼저 섬서성으로 올라간다? 머리가 어떻게 된 게 아니고서야 자칫 우리에게 등 뒤를 잡혀 병력을 모두 잃을 수도 있는 멍청한 선택을 내리진 않았을 거다."

"그렇다면 우리의 시선을 잡아끌기 위한 미끼라고 보면 되겠군요."

"아마도 아군이 북상하는 병력을 쫓아가면 이곳을 노릴 목적인 거겠지. 사천을 점령하지 못한 채 진군한다면 결국 보급로가 끊길 수밖에 없으니, 놈들로서는 어떻게든 사천성을 점령하고 싶을 거다."

한송도 납득을 했는지 묵묵히 고개를 끄덕였다. 연후는 냉수를 한 모금 마시고는 말을 이었다.

"적이 이렇게 나온 이상 계획을 바꿔야겠어."

"적의 주력을 치겠습니까?"

"아니, 속아 넘어가 주는 척을 해 주자고."

연후는 작전을 설명했다.

설명을 들은 한송이 너털웃음을 터트렸다.

"허허허. 성공만 한다면 참으로 대단한 계책이 될 것입니다."

현진이 일어섰다.

"바로 준비하겠습니다."

"아니, 내가 직접 갈 테니 너는 여기 남아 총사를 보필토록 해."

"직접…… 말입니까?"

"남만인들은 한 번 흥이 나면 걷잡을 수 없이 타오르지만, 그 반대면 기괴하리만큼 의욕을 잃는다고 하더군. 그러자면……."

연후는 거기서 말을 끝맺었으나, 현진은 그 뒷말을 충분히 짐작했다.

'지옥이 열리겠구나.'

* * *

남고(南固)는 남만왕의 심복 중 한 명으로, 남만군에서 손에 꼽히는 고수였다.

남만통일 전쟁에서 큰 전공을 세워 남만에서는 왕족에 버금가는 권세를 누려 왔던 그는 서문회의 등장을 누구보다 달갑지 않게 여겼다.

오늘도 그는 서문회를 향해 저주를 퍼붓고 있었다.

"빌어먹을 놈이 감히 내게 이런 임무를 맡기다니!"

남고는 점점 더 험하게 바뀌어 가는 산악 지대를 헤치며 북쪽을 향해 나아가는 중이었다. 오만에 달하는 병력과 함께.

-오만 병력을 이끌고 사천당가의 우측 산악 지대를 타고 북진하시오. 그렇게 사흘이 지난 후에 다시 병력을 되돌려 사천당가로 내려오시오.

-굳이 그렇게까지 할 필요가 있겠습니까?

-군령이니 명에 따르시오. 누구라도 군령을 어기면 참수로 다스릴 것이오.

서문회와의 대화를 떠올린 남고의 얼굴이 벌겋게 달아올랐다.

"빌어먹을 새끼! 내 언젠가는 반드시 내 손으로 네놈의 껍질을 벗겨 주고야 만다!"

퍼퍼퍽!

남고는 진로를 방해하는 나뭇가지와 수풀을 검으로 베어 가며 쉬지 않고 북상했다.

그러기를 반나절쯤 지났을까?

측근 하나가 뒤에서부터 달려와 보고했다.

"장군! 적들이 쫓아옵니다!"

"병력은 얼마나 되느냐!"

"그게…… 숲이 너무 우거져서 그것까지는 파악이 되질 않습니다. 다만 쫓아오는 속도가 상당히 빠릅니다."

"그렇단 말이지?"

남고의 눈빛이 변하는 것을 본 측근의 얼굴에 근심이 내려앉았다.

'군사는 분명 사흘 동안 북상했다가 돌아오라고 했는데…… 저 성격에 당장 공격을 하겠다고 하면 아무도 못 말린다!'

남곤은 포악한 성정에 잔혹한 손속을 지녔다. 기분이 좋을 때는 한없는 호인처럼 굴지만, 그 반대일 때는 누구든 죽일 수 있는 사람이었다.

그럴 알기에 측근은 함부로 말하지 못했다.

'제발 그냥 북상해야 할 텐데…….'

측근의 우려는 곧 현실로 나타났다.

"전군에 전투 준비를 명하고 적들이 올라올 만한 곳에 매복을 깐다! 서둘러라!"

"하지만 군사가 내린 군령은…….."

"닥치지 않으면 네놈부터 죽일 것이다!"

"아, 아닙니다! 하면 바로 전군에 장군의 명을 하달토록 하겠습니다!"

황급히 뛰어가는 측근의 뒷모습을 보며 남고는 이를 드러내며 싸늘히 웃었다.

'내가 왜 남만 최고의 맹장 소리를 듣는지 똑똑히 보여주마.'

그때 남고의 곁으로 다가오는 자가 있었다. 남만군의 군영 주변을 정찰하던 혈가의 무사들을 몰살시켰던 자들 중 한 명이었다.

그가 남고를 보며 물었다.

"저희들이 나설까요?"

"너희가 나설 단계가 아니다. 너희는 내 곁에 머물다가 따로 명령을 내리면 그때 움직여라."

"알겠습니다."

"독은 충분히 가져왔겠지?"

"염려 마십시오. 일천은 족히 죽이고도 남을 독을 항시 챙겨 다니고 있습니다."

"조심해라. 갑자기 바람의 방향이 바뀌면 도리어 아군이 위험할 수도 있으니까. 알겠느냐?"

"예, 장군."

* * *

연후는 은밀하게 움직이기 시작하는 남만군을 응시하

며 나지막이 숨을 골랐다.

그런 그의 옆에 철우와 서백, 육손이 있었다.

동방리와 서령은 사천당가에 남았다.

"육손."

"예, 주군."

"이번에도 네 역할이 매우 중요하다. 하니 각오를 단단히 하도록 해."

"예, 알겠습니다."

연후는 육손의 뒤에 유령처럼 서 있는 괴인을 응시했다. 시선이 마주치자 괴인이 손을 흔들며 입을 벌렸다.

"주…… 군. 안녀…… 세요."

"저거 말고 다른 말 좀 가르치지 그러냐."

육손이 머리를 긁적였다.

"노력 중입니다."

"이름은 정했나?"

"황하로 정했습니다."

"황하?"

"예. 저 녀석이 만들어진 곳이 황하수련이라서 그냥 그렇게 부르기로 했습니다."

서백이 씩 웃었다.

"너무 고상한 거 아니냐?"

"고상하면 안 돼요?"

"자식이, 지금 성질부리는 거냐?"

딱! 딱!

"집중 안 하지?"

둘의 머리에 철우의 주먹이 작렬했다.

"으......"

"서백, 너는 이 녀석과 함께 움직이도록 해. 만에 하나 감당하지 못할 상황에 처하면 그 즉시 신호탄을 쏘도록 하고."

"알겠습니다."

"하면 저희 먼저 가겠습니다."

서백과 육손이 먼저 능선을 넘어갔다.

연후는 뒤를 돌아봤다.

마침 백운이 다가오고 있었다. 백운의 뒤로 오천의 북로검단과 검가의 고수 오천이 연후의 명령이 떨어지기만을 기다리며 집결해 있었다.

오만을 치는 데 고작 일만의 병력만 데려온 것이다.

하지만 북로검단과 검가의 누구도 불안해하는 기색은 없었다. 연후를 향한 절대적인 믿음이 그렇게 만든 것이다.

"백운."

"예, 주군."

"육손과 서백의 공격이 끝나면 북로검단을 두 개 부대

로 쪼개어 좌우측 매복을 제거해라."

"알겠습니다."

"가주."

"예."

병력과 함께 서 있던 북궁천이 연후의 부름에 재빨리 다가왔다.

"가주와 나는 적의 본대를 뒤쪽 협곡으로 몰아넣어야 할 것 같소. 다만 지금은 움직일 수 없으니 잠시 대기토록 하시오."

"알겠습니다."

북궁천이 병력이 있는 곳으로 돌아가자 철우가 물었다.

"협곡으로 몰아넣은 다음 몰살시킬 계획입니까?"

"가장 빨리, 그리고 확실하게 궤멸을 시키려면 그게 최선이다. 물론 남쪽으로 도주하는 놈들은 내버려둬야지. 가서 공포를 전염시켜야 하니까."

철우는 연후의 눈빛이 평소와 다르다는 것을 깨달았다.

이런 눈빛을 보일 때면 언제나 참상이 벌어지곤 했다. 지난날 서북의 항군을 생매장할 때도 이런 눈빛을 보인 적이 있었다.

'또 한 번 지옥을 보게 되겠군.'

* * *

　서백과 육손은 일부러 더 험한 곳을 골라 적과 가까운 곳으로 접근했다.

　멀지 않은 곳에 적의 경계 병력이 주둔하고 있었지만, 거센 바람이 숲을 흔드는 소리에 몸을 숨긴 채 경계망을 돌파할 수 있었다.

　서백이 육손을 돌아보며 물었다.

　"괜찮겠나?"

　"제 걱정은 마세요. 더 이상 과거의 나약한 제가 아니니까요."

　"믿는다?"

　"믿으세요."

　"좋았어."

　잠시 후 둘은 적의 주력이 모여 있는 곳과 조금 떨어진 곳에 자리를 잡았다.

　서백은 먼저 독탄이 달린 화살을 준비했다.

　"꽤 많이 죽겠지?"

　"아마도요."

　"우린 나중에 죽으면 지옥으로 가겠지?"

　육손이 씁쓸하게 웃으며 대답했다.

　"당연히 지옥이겠죠. 그래도 후회하지 않아요."

"오호, 제법인데?"

"조심하세요. 그러다 독탄이 떨어져 깨지면 주군께 혼납니다."

"알았어."

서백이 화살을 준비하는 동안에 육손은 조금 앞으로 나아가 적의 본대를 살폈다.

그러다가 괴상한 복장을 한 무리를 발견하고는 이채를 발했다.

'꼭 원시 부족처럼 생겼네.'

남만이 가장 믿고 있는 독을 사용하는 부대였지만 처음 보는 육손이 그것을 알 리는 없었다.

육손은 바람의 방향을 살폈다.

아직은 북풍이 불고 있었다. 하지만 조금 떨어진 좌측에서는 지형 때문에 바람의 방향이 수시로 바뀌고 있었다.

육손은 황하를 돌아봤다.

황하는 서백 옆에 쪼그리고 앉아 화살을 준비하는 것을 빤히 쳐다보고 있었다.

"이리 와 봐."

황하가 다가왔다.

육손은 황하의 손을 잡아 전방을 가리키며 말했다.

"내 곁으로 다가오는 놈이 있으면 전부 죽이는 거야.

알았지?"

"어."

"예, 해야지."

"어."

"이런······."

서백이 일어섰다.

"열 발 준비했다."

"바람을 기다려야 해요."

"저쪽은 바람의 방향이 수시로 바뀌는 것 같은데?"

"방향보다는 세기가 문제입니다. 그러니 조금 잦아들 때까지 기다리죠."

"방향이 문제가 아니라고?"

서백이 의아한 표정을 지었다.

"바람의 세기가 약해야 독이 퍼지는 범위를 조절할 수 있거든요."

"범위를 네 마음대로 조절할 수 있단 말이야?"

"예. 충분히."

"이야, 너 이 녀석······ 정말 엄청난 걸 또 해냈구나!"

슥슥슥!

서백이 탄성을 발하며 육손의 머리를 마구 문질렀다. 서백의 목소리가 너무 컸던 까닭에 육손이 눈을 동그랗게 치떴다.

"조용해요. 이러다 발각되겠어요."

"너만 발전한 줄 아냐?"

"……예?"

"지금 우리가 하는 대화는 일장 밖으로 빠져나가지 못해. 내가 호신강기로 다 차단해 버렸거든."

"정말…… 요?"

"너만 열심히 수련하는 게 아니라니까? 나도 죽어라 수련했다고. 언제까지 활만 잘 쏘는 놈으로 기억될 순 없잖아."

"최고."

육손이 동그랗게 치뜬 눈으로 엄지손가락을 치켜세웠다. 둘은 코앞에 적을 두고서도 어린 소년들처럼 시시덕거렸다.

하지만 그 와중에도 육손은 바람의 세기를 살폈다. 하지만 좀처럼 바람은 잦아들지 않았다. 오히려 돌개바람까지 더해지면서 상황은 악화되기 시작했다.

그러기를 얼마나 지났을까?

돌연 적 하나가 그들이 있는 곳을 향해 다가오기 시작했다.

[들킨 걸까요?]

[지켜보면 알겠지.]

서백과 육손은 다가오는 적을 주시했다.

그러다가 이내 인상을 쓰며 고개를 돌렸다. 바지를 내린 적이 이내 용변을 보기 시작한 것이다. 제법 거리가 있었지만 악취가 두 사람에게까지 전해졌다.

  [저걸 죽여 말아.]

  [참으시죠?]

  용변을 보는 적은 바로 남고였다.

  만약 서백과 육손이 그가 적의 수장이라는 것을 알았다면 좌고우면할 것도 없이 바로 공격을 했을 것이다.

  잠시 후 용변을 본 남고는 병력이 집결해 있는 곳으로 향했다. 그가 걸어가자 병력이 좌우로 갈라지는 것을 본 서백이 다시 한번 인상을 찡그렸다.

  '저놈이 우두머리였구나! 그런 줄 알았으면 그냥 독탄을 날리는 건데……'

  뒤늦게 치미는 아쉬움에 서백은 질끈 입술을 깨물었다.

  한 시진쯤 흘렀을까?

  육손의 두 눈이 반짝 빛을 발했다.

  "바람이 약해지고 있어요. 준비하세요."

  "알았어."

  서백이 시위에 화살을 걸고는 당길 준비를 했다. 육손이 그를 돌아보며 말했다.

  "저는 조금 더 가까이 접근해야 하니까 나중에 여기서 보죠."

"조심해라."

"예. 형님도 조심하세요."

육손이 황하를 돌아보자, 황하가 강아지처럼 쪼르르 다가왔다.

"소리 내면 안 돼. 알았지?"

"어."

"예."

"어."

"……됐다. 가자."

"어."

서백은 은밀하게 숲을 내려가는 육손과 황하의 뒷모습을 보며 나지막이 숨을 골랐다.

그러고는 시위를 잡은 손가락에 공력을 끌어 담았다.

끼끼끼……

* * *

육손은 지그시 눈을 감았다. 그리고 자신만의 기도를 올린 다음 지그시 입술을 깨물며 공력을 끌어올렸다.

따로 독을 지니고 다닐 필요가 없는 그의 전신에서 핏빛 독연이 피어올랐다.

이전과는 비교조차 할 수 없을 만큼 엄청난 양의 독연

이 바람을 타고 적들을 향해 움직이기 시작했다.

그때, 파공성과 함께 한 줄기 빛이 육손의 머리를 넘어 적들을 향해 날아갔다.

쾅!

"우악!"

"크악!"

적 두 명이 비명과 함께 쓰러졌다.

하지만 그건 시작에 불과했다. 폭발과 함께 피어오른 독연이 순식간에 주변의 적들을 덮쳤다.

뒤이어 두 발, 세 발째 화살이 날아들며 연이어 폭발했다.

퍼펑!

"크아악!"

"독이다! 피해라!"

혼비백산하며 흩어지는 적들.

그러나 그들은 이내 제자리에 멈춰 설 수밖에 없었다.

털썩!

쿵!

독에 중독된 적들이 차례차례 짚단처럼 넘어가기 시작했다.

그 수가 무려 백 명이 넘었다.

* * *

"장군! 적의 기습입니다!"

"독공입니다! 속히 뒤로 피하십시오!"

측근들이 남고의 곁으로 달려오며 소리쳤다.

남고는 돌연한 상황에 정신이 혼미해졌다. 그는 속수무책으로 쓰러지는 수하들을 보며 두 눈을 찢어져라 부릅떴다.

"빌어먹을! 대체 언제 여기까지 쫓아왔단 말이냐!"

남고는 용맹으로만 장군의 자리에 오른 자가 아니었다. 그는 재빨리 정신을 차리고 주변을 향해 소리쳤다.

"적들을 찾아내어 죽여라!"

파파팟!

수십 명의 황포인이 화살이 날아든 곳을 향해 바람처럼 날아갔다.

그 와중에도 독탄은 계속해서 터졌고, 수백에 달하는 남만군이 쓰러졌다.

콰콰쾅!

"으아악!"

"크악!"

"장군! 어서 뒤쪽으로 물러나십시오!"

"빌어먹을! 크아아!"

남고가 괴성을 지르며 뒤쪽으로 물러섰다.

그때 그의 곁을 그림자처럼 지키고 있었던 괴인이 움직이기 시작했다.

"감히 우리 앞에서 독을 쓰다니. 누가 더 독에 강한지 똑똑히 보여 줘라!"

"저쪽이다!"

괴인들은 정확하게 육손이 있는 곳을 향해 몸을 날렸다. 그 모습을 본 서백이 방향을 틀어 화살을 연이어 날렸다.

쐐애애액!

콰쾅!

"우리한테 독은 통하지 않는다!"

하지만 이번 화살은 독탄이 아니었다.

"크아악!"

"끄아악!"

폭발이 만들어 낸 파편을 뒤집어쓴 세 명의 괴인이 처절하게 비명을 지르며 꼬꾸라졌다.

쐐애액!

콰쾅!

"크악!"

"컥!"

또다시 세 명이 꼬꾸라졌지만 괴인들은 물러서지 않고 육손이 있는 곳을 향해 맹렬히 달려 나갔다.

서백이 다급하게 외쳤다.
"육손, 그만 물러가자!"

* * *

육손은 자신을 향해 날아오는 괴인들을 응시하며 두 손에 공력을 끌어 담았다.

그에게는 독만큼이나 강력한 환술이 있었다.

그가 일으킨 환술이 주변의 환경을 완전히 다르게 바꿔 버렸다. 순간 당황한 괴인들이 방향을 잃고 허둥지둥 댈 때, 황하가 뛰어들었다.

"죽…… 어."

퍼퍼퍽!

"끄아악!"

"크아악!"

갈고리 같은 황하의 손이 허공을 휘저을 때마다 적들은 육신이 갈기갈기 찢기는 참혹한 죽음을 맞았다.

콱!

"컥!"

으드득!

"끄아아아!"

동료 하나가 황하의 손에 목이 뽑혀 죽는 것을 목도하

고서야 괴인들은 공포에 몸을 떨었다.

"빌어먹을! 독이 통하지 않아!"

"괴, 괴물이다!"

황하를 향해 독을 썼지만 소용이 없었다.

오히려 독을 들이마신 황하가 더욱더 난폭한 움직임을 보이자 괴인들은 절망하며 도주하기 시작했다.

"죽⋯⋯ 어."

퍽!

"컥!"

황하의 손이 한 괴인의 등을 뚫고 가슴 앞으로 튀어나왔다. 살아 펄떡이는 심장이 황하의 손에 한 줌 핏물로 변하는 광경은 참혹함을 넘어 공포, 그 자체였다.

까가강!

황하의 몸에서 금속성과 함께 불꽃이 일었다.

괴인 두 명이 기습적으로 뒤에서 공격을 했는데, 오히려 그들의 검이 댕강 부러지고 말았다.

"금⋯⋯ 강불괴!"

콱!

쩌저적!

"끄아아아!"

두 손으로 괴인 하나를 잡아 찢어 버린 황하의 전신이 피로 붉게 물들었다.

서문회, 결단을 내리다 〈85〉

그때였다.

"그만 돌아와!"

"어."

멈출 것 같지 않던 황하가 육손이 있는 곳으로 되돌아가면서 잔혹한 전투는 막을 내렸다.

잠시 후 서백과 육손은 현장을 떠났고, 뒤늦게 남만군이 주변을 수색했지만 보이는 것이라고는 처참하게 죽어 있는 동료의 시신뿐이었다.

"으……."

저마다 공포에 찬 신음을 토했다. 독인 대부분이 갈기갈기 찢긴 채 죽어 있었던 것이다.

뒤늦게 현장에 나타난 남고도 참혹하기 짝이 없는 광경에 눈빛을 떨었다.

파르르…….

'인간이 이렇게까지 잔혹할 수가 있다니…….'

평생을 전장에서 잔뼈가 굵은 남고였다. 남만통일 전쟁에서 숱한 시신을 봤지만 이렇게 참혹하게 죽은 건 단연코 본 적이 없었다.

몇몇 시신은 상체가 형체를 알아볼 수 없을 만큼 부서져 있었다.

남고의 머릿속에 잠시 망각했던 섬뜩한 소문이 떠올랐다.

백야벌의 대지존이라는 자는 얼마나 잔혹한지, 적이라면 수만 명도 눈 하나 깜박하지 않고 생매장을 해 버린다.

싸아아…….
순간 남고는 온몸을 타고 올라오는 전율에 다시 한번 눈빛을 떨었다.
그때였다.
"장군!"
남고의 측근이 황급히 달려왔다.
측근의 다급한 표정에서 남고는 순간 가슴이 덜컹했다.
"무슨 일이냐!"
"경계병이 모두 궤멸당했습니다!"
"뭣이!"
"장군!"
또 다른 측근이 달려왔다.
"적이 총공격을 시작했습니다!"
"병력은 얼마나 되느냐!"
"우거진 숲 때문에 파악을 하기가 불가능합니다! 다만 경계망이 순식간에 돌파당한 것을 보면 상당한 병력인 것 같습니다!"
"빌어먹을! 기습 공격 때문에 경계망이 돌파를 당할 때

서문회, 결단을 내리다 〈87〉

까지 전혀 눈치를 채지 못하다니……."

"차라리 지금이라도 군사의 명에 따라 북쪽으로 올라가심이 어떻겠습니까?"

"그렇습니다! 어차피 우리의 목적은 사천당가에 몰려 있는 적의 병력을 유인하는 것이었으니 지금이라도 북상을 계속해야 합니다! 속히 명령을 내려 주십시오!"

측근들의 연이은 재촉에 혼란을 담았던 남고의 눈가가 심하게 일그러졌다.

선택은 두 가지뿐.

여기서 맞서 싸우느냐, 아니면 서문회의 명을 이행하느냐였다.

결국 남고의 선택은 후자였다.

만약 서백과 육손의 기습이 없었더라면 그의 선택은 달라졌을 것이다.

꽈악!

"북상한다!"

"예!"

* * *

"놈들이 북상하기 시작했습니다."

"배짱 좋게 나설 것처럼 굴더니…… 녀석들의 기습에

겁이라도 덜컥 집어먹은 모양이군."

마침 서백과 육손이 숲을 헤치며 달려왔다.

"수고했다."

"적들이 다시 북상을 시작했습니다."

"알고 있다."

연후는 서백과 육손의 상태부터 살폈다.

그에 서백이 씩 웃으며 말했다.

"저흰 괜찮습니다!"

"저도 괜찮습니다!"

"이번에도 녀석의 공이 컸습니다."

"적을 북쪽 협곡으로 몰아넣어야 한다. 그러자면 너희가 더 해 줘야 한다."

"어떻게 말입니까?"

연후는 전방 좌측을 가리키며 말을 이었다.

"적들이 좌측으로 빠져나가지 못하게 막아 줘야겠다. 할 수 있겠지?"

"예! 맡겨만 주십시오!"

"예, 알겠습니다."

연후는 둘의 어깨에 손을 얹으며 당부했다.

"항상 말하지만, 위험하다 싶으면 지체하지 말고 물러서야 한다. 알겠지?"

"예!"

"옙!"

잠시 후 서백과 육손이 전방 좌측을 향해 뛰어갔다.

연후는 뒤를 돌아보며 내공을 담아 나지막이 외쳤다.

"적을 쫓는다!"

* * *

북상을 재개한 남만군.

남고는 선두에서 병력을 이끌며 추격을 막기 위해 후미에 강한 부대를 배치했다.

하지만 생각지도 못한 문제가 발생했다. 그것은 바로 육손과 서백의 기습이 벌어졌을 때, 중원의 지리에 밝은 자들이 모두 죽어 버렸다는 점이었다.

방향을 잡는 것은 크게 문제가 되지 않았다.

다만 산악 지대를 빠져나갔을 때, 그때부터가 문제였다. 지리를 아는 자가 없으니 막연히 북쪽을 향해 올라갈 수밖에 없는데, 그러다가 잘못 길을 들어서면 어떤 화를 당할지 아무도 모를 일이었다.

'일단 산악 지대부터 넘어간다!'

남고로서는 선택의 여지가 없었다.

까가강!

"으악!"

"적이다! 막아라!"

후미에서 전투가 시작되었다. 중원연합군이 벌써 꼬리를 따라붙은 모양이었다.

'빌어먹을! 뭐가 이렇게 빨라!'

남고는 전방을 살폈다.

그러다가 널찍한 분지가 있는 것을 발견하고는 안광을 번뜩였다.

'추격을 따돌릴 수 없다면 차라리 저 넓은 곳에서 싸우자!'

남고는 추격에 나선 중원연합군의 숫자가 자신들보다 적을 거라 확신했다. 정보에 의하면 사천당가에 집결한 중원연합군의 수는 팔만 남짓이라고 했다.

'본진을 비워 두고 절반 이상이 나설 리는 없을 터. 하면 많아 봤자 이만 정도에 불과하다!'

수적인 우위를 생각하니 비로소 억눌렸던 용기가 머리를 내밀기 시작했다.

'좋아! 저곳에서 모조리 쓸어 주마!'

* * *

연후의 특명을 받고 남만군의 좌측으로 빠르게 이동하던 육손이 눈을 동그랗게 치떴다.

"적들이 알아서 협곡으로 내려가는데요?"

"그러게?"

"혹시 협곡 앞쪽의 분지에서 결판을 내려는 거 아닐까요?"

"그래, 그런 모양이다."

서백은 남만군의 후미를 바라봤다. 북로검단과 검가의 병력이 적의 후미를 사정없이 공격하고 있었다.

"예상보다 쉽게 끝나겠는데?"

"그래도 적의 머릿수가 많으니 방심은 금물이죠. 일단 돌아가서 도울까요?"

"아니, 우린 따로 할 일이 있는 것 같아."

"……예?"

"좌측을 막을 이유가 사라졌다면, 적이 협곡으로 들어섰을 때를 미리 준비하는 게 좋겠지?"

"우리 둘이서요?"

"가면서 말해 줄 테니 일단 따라와."

서백이 먼저 몸을 날렸다.

육손은 그런 서백을 응시하며 고개를 갸웃거리고는 이내 뒤를 쫓아 몸을 날렸다.

그때였다. 서백의 앞쪽 숲에서 한 무리의 남만군이 모습을 드러냈다.

서백이 재빨리 몸을 숨기자, 육손도 숲으로 들어가 은

신했다.

　서백의 전음성이 흘러들었다.

　[도주하는 놈들인 것 같으니 그냥 내버려둬.]

　　　　　　　＊　＊　＊

　악마도 백운이 선두에서 북로검단을 이끌었다.

　그의 손속은 명성보다 더 잔혹했고, 파괴적이었다.

　특정한 상대 없이 그저 닥치는 대로 죽이며 전진하는 그를 따라 북로검단도 연후로부터 전수받은 초식을 이용해 무자비한 살수를 전개했다.

　수적인 우위는 더 이상 의미가 없었다.

　한 번 기세가 꺾인 남만군은 속수무책 뒤로 밀리기 시작했고, 후미가 밀리면서 자연스럽게 선두의 방향이 틀어지기 시작했다.

　"측면으로 빠질 시간이 없습니다, 장군!"

　"빌어먹을!"

　남고는 당초 예정했던 방향이 아닌 협곡 안으로 뛰어들 것을 명령했다.

　"협곡으로 들어가라!"

　"협곡으로 방향을 틀어라!"

　수만에 달하는 병력이 협곡으로 방향을 틀면서 남만군

의 대형은 완전히 무너졌고, 그 와중에도 후미는 백로검 단과 검가의 무사들에게 궤멸에 가까운 타격을 입고 말았다.

"하, 항복!"

"항복하겠소!"더는 버티지 못한 남만군들 중에서 투항하는 자들이 속출했다.

하지만 누구도 그들의 투항을 받아 주지 않았다.

최대한 잔혹하고 무자비하게. 또한 항복은 받아 주지 않는다.

모두는 연후가 내린 특명에 충실했다.

콰지직!

까가강!

"크아악!"

"으악!"

협곡으로 이어지는 분지는 이미 시산혈해(屍山血海)로 변해 있었다.

철벅! 철벅!

연후는 대지를 붉게 물들인 피를 밟으며 협곡을 향해 나아갔다.

철우가 곁을 함께했고, 서백과 육손이 돌아와 그 뒤를

따랐다.

"공격을 중지한다."

"공격 중지!"

"공격 중지다!"

연후의 명령이 떨어지지 북로검단과 검가의 병력이 공격을 중단했다.

그러자 간신히 살아남은 남만군의 후미 병력들은 협곡이 아닌 사방으로 도주하기 시작했다.

하지만 누구도 그들을 쫓지는 않았다.

다만 스무 명가량은 생포해서 한쪽에 무릎을 꿇렸다. 모든 것은 연후의 명령에 따른 결과였다.

연후는 백운을 돌아보며 명령을 내렸다.

"북로검단은 협곡의 후미를 차단한다."

"예, 주군!"

백운이 북로검단을 이끌고 협곡의 후미를 향해 달려 나갔다. 다만 백 명가량은 정체 모를 항아리를 든 채로 본대를 따라나서지 않았다.

북궁천이 다가왔다.

피로 붉게 물든 그의 전신에서 뜨거운 김이 무럭무럭 피어오르고 있었다.

"완벽한 성공입니다, 대지존."

"수고하셨소, 가주."

연후는 북궁천과 검가의 수뇌부들에게 노고를 치하하고는 협곡을 응시했다.

북궁천이 물었다.

"협곡으로 들어가시겠습니까?"

"그럴 필요는 없을 것 같소. 어차피 적은 독 안에 든 생쥐이니 천천히 합시다."

"속히 마무리 짓고 당가로 돌아가야지 않겠습니까?"

"물론이오."

북궁천은 매우 궁금했다.

과연 연후는 이 상황을 어떻게 마무리 지을까?

'최대한 잔혹하고 무자비하게…… 이것이 어떤 상황을 의미하는 걸까?'

북궁천은 연후의 뒷모습을 응시하며 눈빛을 가라앉혔다.

누구라도 이 상황에서는 같은 생각을 할 것이다. 과거 연후가 서북의 항군을 생매장했던 사건을.

북궁천도 마찬가지였다. 어쩌면 오늘 이곳에서 그보다 더 잔혹한 일이 벌어질지 모른다는 생각과 함께.

한편 연후는 협곡 주변을 면밀하게 살폈다.

협곡 안쪽으로 얼핏 보이는 우거진 숲은 나무 아래쪽에 수풀과 관목이 빼곡하게 들어차 있었고, 대부분이 누렇게 말라 가고 있었다.

그나마 따뜻한 기후를 자랑하는 사천이라서 큰 나무들

은 여전히 한여름의 생명력을 지니고 있었다.

연후의 두 눈이 서서히 결기를 머금어 갔다.

'천하의 안녕을 위해서라면…… 기꺼이 악마가 되리라.'

연후는 북궁천을 돌아봤다.

"검가는 입구를 지키고 있다가 빠져나오는 적은 가차 없이 죽이도록 하시오."

"알겠습니다!"

"가주."

"예?"

"손속에 자비를 두지 마시오. 이건 군령이오."

"……예."

연후는 협곡의 입구로 향하는 북궁천과 검가의 병력을 지켜보다가 백여 명가량의 북로검단의 무사들을 돌아보며 명령을 내렸다.

"시작한다."

"예!"

북로검단의 무사들이 협곡 위쪽으로 오르기 시작했다. 그들이 움직일 때마다 손에 들고 있는 항아리에서 액체가 흘러내렸다.

액체가 일으킨 향이 바람을 타고 북궁천에게도 전해졌다.

"……이건!"

북궁천은 두 눈을 치뜨며 협곡 위를 향하는 북로검단의 무사들을 돌아봤다.

'맹화유!'

한 번 불이 붙으면 결코 꺼지지 않는다는 악마의 불꽃, 맹화유의 냄새가 틀림없었다.

'하면……'

북궁천은 굳은 얼굴로 연후를 돌아봤다. 연후는 다른 곳을 응시하고 있었다.

북궁천의 커진 두 눈이 가늘게 흔들렸다.

'……진정 저들 모두를 불태워 죽일 생각이십니까?'

그때였다. 연후가 시선을 돌리면서 둘의 시선이 허공을 격하고 얽혀들었다.

하지만 연후가 이내 다른 곳으로 시선을 돌리면서 그 시간은 극히 짧았다.

군사 백도량이 다가왔다.

"가주, 왜 그러십니까?"

"아무것도 아닙니다."

북궁천은 지그시 입술을 깨물며 백도량을 지나쳐 병력의 후미로 따라붙었다.

그는 걸어가면서 지그시 두 눈을 감았다.

'신이시여……'

* * *

화르륵!

거대한 화염이 협곡을 뚫고 밖으로 뻗쳐 나왔다. 더불어 화염과 함께 치솟은 연기는 그 어떤 독연보다 치명적이었다.

"으아아!"

"크아악!"

"살려 줘! 크아아!"

협곡 안에서 처절한 비명이 끊이지 않았다.

지켜보던 검가의 무사들이 치를 떨었다. 어떤 이는 차마 쳐다보지 못하고 고개를 돌렸다.

군사 백도량의 두 눈이 하염없이 흔들렸다. 안색은 창백했고, 손에 쥐고 있는 섭선이 땅으로 떨어졌다.

'이럴 수가······.'

척!

그런 백도량의 어깨에 북궁천이 손을 얹었다.

"천하의 안녕을 위한 일입니다. 마음을 독하게 먹으세요."

"······항복을 권해도 되었을 상황입니다."

"대지존께서는 저들의 죽음으로 적의 의지를 완전히 꺾을 계획인 것 같습니다. 저 역시······ 저 방법에 동의합니다."

"……!"

"그러니 흔들리는 모습은 더는 허락하지 않겠습니다."

백도량의 두 눈이 더 크게 흔들렸다.

북궁천은 그런 백도량의 어깨를 한 번 더 다독거려 주고는 무사들을 향해 외쳤다.

"협곡을 빠져나오는 적은 남김없이 죽여야 한다! 하니 두 눈 똑바로 뜨고 지켜보아라!"

"예!"

"대답이 어찌 그 정도인가!"

"예!"

* * *

연후는 산천초목을 쩌렁쩌렁 울리는 검가의 병력과 북궁천을 번갈아 응시하며 눈빛을 가라앉혔다.

'강해졌군. 이제 더는 걱정하지 않아도 되겠어.'

연후는 뒤를 돌아봤다.

생포된 남만군들이 눈앞에서 벌어지고 있는 참혹한 광경에 온몸을 바들바들 떨고 있었다.

연후는 그들을 향해 걸었다.

그가 다가오자 남만군들은 감히 쳐다보지 못하고 머리

를 숙였다.

"돌아가서 너희 주인에게 전해. 계속해서 우리와 싸우겠다면 다음은 저것보다 더 잔혹하게 죽여 줄 것이라고. 또한 너희 고향까지 짓밟아 줄 것이라는 말을 잊지 않도록. 알겠나?"

"……예."

"철우."

"예."

"풀어 줘라."

"알겠습니다."

잠시 후 남만군들은 남쪽을 향해 필사적으로 뛰었다. 몇몇은 뒤를 돌아보다가 넘어지기도 했지만 대부분은 순식간에 숲 너머로 사라졌다.

* * *

"이럴 수가, 이럴 수가……."

남고는 망연자실하며 고개를 떨구었다.

다급해서 뛰어든 협곡의 뒤쪽이 막혀 있었다.

그나마 가파른 지형을 타고 올라가면 빠져나갈 공간은 있었다. 하지만 백운과 북로검단이 그곳을 지키고 있어서 탈출을 시도했던 모두가 몰살을 당하고 말았다.

그러던 차에 갑자기 곳곳에서 불길이 치솟기 시작했다. 뭘 어떻게 했는지 불길은 상상을 초월하는 속도로 번지기 시작했고, 순식간에 협곡 전체는 불구덩이로 화하고 말았다.

"장군! 빠져나갈 곳은 입구뿐입니다!"

"하지만 입구에 적이 버티고 있으니……."

"이대로 불에 타죽을 순 없습니다! 차라리 입구로 빠져나가 죽기 살기로 싸워야 합니다!"

화염이 빠르게 다가오는 와중에도 남고는 결정을 내리지 못했다.

처절하게 울부짖으며 죽어 가는 수하들의 참혹한 모습이 보이지도, 그들이 내지르는 비명이 들리지도 않았다.

지금 남고는 공황 상태에 빠져 있었다.

"장군!"

한 측근이 보다 못해 남고의 어깨를 잡고 흔들었다. 그제야 남고의 눈빛이 돌아왔다.

"지체하면 아무것도 해 보지 못하고 모조리 불에 타죽고 맙니다! 속히 입구로 빠져나가야 합니다!"

꽈아악!

치아가 파고든 남고의 입술에서 피가 뚝뚝 떨어졌다. 뒤이어 눈가를 타고 굵은 눈물이 흘러내렸다.

"장군! 속히 명령을 내려 주십시오!"

"장군!"

스르릉!

결사항전을 결심한 남고가 결연히 검을 뽑았다.

"한 놈이라도 더 지옥으로 데리고 간다."

* * *

"가주! 적들이 나오고 있습니다!"

"대형을 갖춰라!"

북궁천의 명령에 검가의 무사들이 신속하게 대형을 갖췄다.

북궁천도 검을 뽑았다.

스르릉.

'저들은 침략자다. 여기서 저들을 죽이지 않으면 중원의 백성들이 죽게 될 터.'

북궁천은 스스로를 세뇌했다.

그러지 않으면 도저히 견딜 수가 없을 것 같았다. 무사들 앞에서는 강인한 척을 했지만 사실 누구보다 이 상황이 두려웠다.

"와아아!"

"쳐라!"

"중원의 개새끼들! 모조리 죽여 주마!"

적들이 쏟아져 나오기 시작했다.

북궁천은 감았던 눈을 떴다. 언제 그랬냐는 듯 그의 두 눈은 단호하게 번뜩이고 있었다.

'천하의 안녕을 위해서라면……'

* * *

지옥이 있다면 바로 이곳이리라.

화마를 피해 최후의 선택을 한 남만군.

그들은 용맹했고, 사력을 다해 싸웠다.

하지만 신의 자비는 없었다.

콰지직!

까가강!

"크악!"

"으아악!"

"한 놈도 놓치지 말거라!"

"뚫어라!"

남고는 선두에서 필사적으로 싸웠다. 그의 검은 빠르고 날카로웠으며 파괴력을 겸비하고 있었다.

검가의 무사 몇 명이 그의 검에 피를 뿌리며 쓰러졌고, 뒤이어 뒤를 따르던 괴인들의 독공이 위력을 발휘하면서 학살로 이어질 것 같던 전투가 혈전으로 바뀌어 갔다.

연후는 남고의 주변에서 이상한 연기를 뿜어 대는 자들을 응시하며 광마의 검을 끌어올렸다.

'저놈들이군. 정찰병들을 독살한 것이······.'

위이잉!

이제는 완벽한 경지에 오른 광마의 검은 형태와 크기가 완벽한 상태를 보이고 있었다.

쾅!

땅을 박차고 뛰어오른 연후는 거침없이 괴인들이 한가운데로 뛰어내렸다.

사방에서 독연이 날아들었지만 호신강기에 막혀 불꽃과 함께 소멸되었다.

"이연후!"

뒤에서 한 줄기 노호성이 터졌다. 연후를 알아본 남고가 달려든 것이다.

연후는 남고를 무시한 채 괴인들을 죽이기 시작했다. 독이 통하지 않는 상대에게 괴인들은 더 이상 위협이 될 수 없었다.

"크아악!"

"으악!"

남고의 눈에서 불꽃이 일었다.

그는 혼신의 힘을 다해 연후의 뒤를 쫓았지만 그때마다 연후는 신출귀몰한 신법을 이용해 빠져나가며 어김없이 괴인들을 죽였다.
 그렇게 마지막 괴인의 목이 떨어질 때까지 걸린 시간은 그리 길지 않았다.
 연후는 그제야 남고를 향해 돌아섰다.
 '이놈이 우두머리였군.'
 우웅!
 광마의 검을 거둔 연후는 마병 월아를 끌어냈다.
 철컥! 철컥!
 "넌 살려 주지."

3장
사천당가의 혈전

사천당가의 혈전

압도적인 승전이었다.

하지만 기뻐하는 사람도, 환호성을 지르는 사람도 거의 없었다.

서백이 검가의 무사들을 응시하며 시큰둥한 표정을 지었다.

"분위기가 어째 저 모양이지?"

"알잖아요."

"너도 별로냐?"

"그럴 리가요. 단지 저 사람들이 이해가 된다는 거죠. 저도 처음에는 저랬으니까요."

"지금은 괜찮고?"

"그만 좀 하시죠?"

"자식이, 눈을……."

딱!

"아!"

육손에게 알밤을 한 대 먹인 서백은 연후를 돌아봤다. 연후는 조금 떨어진 곳에서 북궁천과 함께 대화를 나누고 있었다.

"걱정이다."

"뭐가요?"

"저번에 서북의 항군들을 생매장한 것 때문에 소문이 좋지 않게 났는데, 이번에는 아예 불로 태워 죽였으니……."

말끝을 흐리는 서백의 낯빛이 슬며시 굳어졌다.

사실 작금의 강호에서 연후에 대한 평가가 갈리는 것은 사실이었다.

그의 능력에 이의를 제기하는 사람은 없었다. 다만 잔혹함이 지나치다며 비난하는 사람들이 점점 늘어나고 있었다.

"그럼 스스로 알아서 해결을 하든가. 뭐, 전쟁을 아름답게라도 치르고 싶은 거야? 우습지도 않아."

그때 연후가 돌아왔다.

서백은 연후의 표정이 결코 밝지 못한 것을 깨닫고는 내심 한숨을 내쉬었다.

'저분이라고 마음이 편할까.'
"당가로 돌아간다."
"예."
잠시 후 모두는 귀환길에 올랐다.
사천당가로 돌아가는 내내 연후는 한 마디 말도 없었다.

* * *

쐐애액!
사천당가가 자랑하는 암기가 하늘을 새카맣게 물들였다.
그것만큼이나 남만군이 남쪽에서 사천당가로 이어지는 평원을 새카맣게 물들이며 진격해 오고 있었다.
두두두!
퍼퍼퍽!
콰콰쾅!
"크악!"
"으아악!"
암기가 떨어지고 벽력탄이 터졌지만 남만군은 진격을 멈추지 않았다.
서문회는 중군에 포진했다. 마음 같아서는 선두로 나서

고 싶었지만 혹시 모를 상황에 대비해야 했다.

응숙이 그의 곁을 지켰다.

이제는 마치 서문회의 호위장처럼 되어 버린 응숙은 서서히 가까워지는 사천당가를 응시하며 결의를 다졌다. 그가 서문회를 돌아보며 물었다.

"저곳만 점령하면 사천을 얻게 되는 것입니까?"

"이 넓은 사천을 어찌 저곳 하나로 가늠할 수 있겠느냐. 다만 저곳에 모여 있는 중원연합을 무너뜨린다면 사천보다 더 큰 것을 얻게 될 것이다."

서문회의 말이 응숙은 잘 이해가 되지 않았지만 그냥 믿고 싶었다. 그만큼 한 번 기울어 버린 마음은 급속도로 서문회를 향한 충정으로 이어지고 있었다.

콰콰쾅!

"크아악!"

"으악!"

폭음과 치솟는 화염, 그리고 처절한 비명과 함께 쓰러지는 남만군. 사천당가의 암기와 벽력탄은 과연 명불허전이었다.

서문회는 그 광경을 모두 지켜보면서도 눈빛 하나 변하지 않았다. 오히려 그는 차갑게 웃었다.

'북상하는 아군을 쫓아 병력이 빠져나갔다. 하면 이 전투는 무조건 우리가 이긴다.'

"군사! 아군의 피해가 너무 큽니다!"

"전투에서 이 정도 피해는 당연한 것이니 기다려라. 곧 놈들도 화력이 떨어질 것이다."

서문회의 말은 곧 현실로 나타났다. 폭우처럼 퍼붓던 암기와 벽력탄의 빈도수가 현저하게 떨어지기 시작한 것이다.

서문회는 좌우를 돌아보며 외쳤다.

"석차를 준비하라!"

"석차를 준비하라!"

드드드…….

뒤쪽에서부터 굉음이 울리더니 코끼리가 이끄는 거대한 석차가 모습을 드러내기 시작했다.

응숙이 이해할 수 없다는 표정으로 물었다.

"처음부터 석차로 공격을 했더라면 아군의 피해를 현저히 줄일 수 있었을 텐데 왜 지금……."

"적의 화력을 소비하기 위함이었다. 그래야 본격적인 전투가 시작될 때 아군이 거침없이 당가의 담장을 넘어갈 수 있을 테니까."

"아……."

"작은 것에 연연하면 큰 것을 놓치는 법. 하니 매사에 시야를 넓혀 보는 습관을 들여야 한다. 알겠느냐?"

"예, 군사."

끼끼끼…….

거대한 돌덩이를 얹은 석차의 축대가 뒤로 크게 휘어졌다.

서문회는 과연 석차의 위력이 어느 정도인지 궁금했다.

'남만통일 전쟁에서 엄청난 위력을 발휘했다지? 하면 기대해 볼 만하겠군. 후후후.'

슈아아악!

이십 대에 달하는 거대한 석차가 동시에 날린 돌덩이들이 허공을 가르며 날아가기 시작했다.

서문회의 두 눈이 돌덩이들의 궤적을 좇았다.

'이 거리를 날아가다니…….'

콰콰콰콰쾅!

사천당가의 담장 너머에서 굉음과 함께 거대한 흙먼지가 솟구쳤고, 몇 개는 담장을 무너뜨렸다.

콰앙!

우르르!

"으악!"

"크아악!"

폭음에 섞여 터져 나오는 처절한 단말마에 서문회는 흡족하게 웃었다.

"이렇듯 원시적인 것이 이처럼 가공할 위력을 지녔다니……."

그는 석차 부대를 향해 다시 소리쳤다.
"돌덩이가 떨어질 때까지 계속해서 쏴라!"
쐐애애액!

* * *

쾅!
우지끈!
"우악!"
현진의 바로 뒤쪽에 돌덩이가 떨어지며 전각의 일부가 굉음과 함께 무너져 내렸다.
파르르…….
현진의 두 눈이 가늘게 흔들렸다.
석차의 존재를 알고는 있었지만 이렇게까지 강력할 줄은 상상조차 못했던 그였다.
'저 거대한 돌덩이를 이렇게 멀리까지 날릴 수 있다니…….'
슈아악!
콰콰콰쾅!
돌덩이들은 연신 현진의 머리 위를 넘어 사천당가의 곳곳으로 떨어졌다.
우지끈!

와르르……

현진은 담장 위로 올라섰다. 그리고 대전각의 지붕을 돌아보며 손짓을 보냈다.

그러자 대전각의 지붕에 서 있던 무사들이 깃발을 흔들었다.

현진은 적군의 좌우 숲을 응시했다.

그때였다. 좌우 숲에서 한 무리의 병력이 적들을 향해 달려드는 것이 보였다. 월가와 혈가의 무사들이었다.

그들이 노리는 것은 석차였다.

'조금 더 서둘러야 했는데…….'

석차의 위력을 간과했던 현진은 공격 시점이 무척이나 아쉬웠다.

당초 저들은 석차를 노리고 숲에 매복을 하고 있었다. 물론 공격 시점은 두 가문의 수장들에게 일임했는데, 움직임이 늦는 것 같아 깃발을 통해 공격을 명했던 것이다.

"으아악!"

"크아악!"

두 가문의 무사들이 뛰어든 곳에서 이내 혈전이 벌어지기 시작했다.

호랑이 굴로 뛰어든 양상이었지만, 개개인의 무력에서 워낙에 차이가 났던 까닭에 두 가문의 무사들은 순식간에 석차를 파괴하기 시작했다.

그 와중에 돌덩이의 궤적이 틀어지면서 남만군을 덮쳤다.

콰콰콱!

"크아악!"

"으악!"

난데없는 상황에 서문회의 고개가 벼락같이 뒤를 향해 돌아갔다.

'석차를……'

쾅!

서문회는 그대로 허공으로 솟구쳐 올랐다.

가공할 경공술에 응숙의 입이 쩍 벌어졌다.

'……엄청나다!'

하지만 언제까지 놀라고 있을 수만은 없는 노릇. 응숙은 검을 뽑아 들며 외쳤다.

"군사를 호위한다! 서둘러라!"

파파팟!

호위들이 일제히 서문회를 쫓아 몸을 날렸다.

* * *

"서둘러라!"

혈가의 한 중년인은 두 대의 석차를 파괴하고 세 번째

석차를 향해 거침없이 진격해 들어갔다. 그 와중에 달려드는 남만군들은 가차 없이 베어 넘겼다.

중년인의 입가에 비릿한 조소가 걸렸다.

"버러지만도 못한 것들이……."

남만군의 무력은 예상보다 훨씬 떨어졌다.

그래서일까? 적의 대군 한복판으로 뛰어들었음에도 걱정이라고는 없었다.

중년인은 거침없이 석차로 뛰어올랐다.

그가 노리는 것은 활의 시위 역할을 하는 거대한 밧줄이었다. 그것만 끊어 버리면 석차는 무용지물이 되고 말 터였다.

"막아라!"

"석차를 지켜야 한다!"

"어림없다, 이놈들아."

중년인의 검이 달려드는 남만군을 가차 없이 베었다. 그러고는 밧줄을 향해 검을 날렸다.

바로 그때였다.

"……!"

중년인은 등 뒤에서부터 날아드는 섬뜩한 기운을 느끼고 황급히 돌아섰다.

그런 그의 두 눈이 하얗게 물들었다. 그를 향해 날아들던 빛줄기가 반사된 것이다.

퍽!

"컥!"

빛줄기는 그대로 중년인의 심장을 꿰뚫었다.

외마디 신음과 함께 앞으로 무너지는 중년인의 두 눈에 마지막으로 잡힌 것은 허공을 가르며 떨어져 내리는 서문회의 모습이었다.

"이럴 수가……."

퍽!

뒤이어 날아든 검이 중년인의 목을 날렸다.

* * *

서문회가 뛰어든 곳은 혈가의 무사들이 있는 좌측이었다.

양 떼 속의 늑대처럼 무자비한 칼질을 해 가며 남만군을 교란하던 혈가의 무사들은 강했다.

하지만 결코 서문회의 적수는 될 수가 없었다.

퍽!

"큭!"

서걱!

"으악!"

혈가의 무사들이 늑대라면 서문회는 호랑이였다.

그의 검법은 빠르고 정교했으며 실패를 몰랐다. 그야말로 일검일살(一劍一殺)의 절대적 성공률을 자랑하며 혈가의 무사들을 죽여 나갔다.

그 와중에 우측의 석차들은 월가의 무사들에 의해 하나둘 파괴되어 가고 있었다.

그들을 막으려면 최대한 이곳부터 빨리 끝내야 했던 서문회는 결국 아수라마공을 끌어올렸다.

핏빛 광채가 뿜어 나와 그의 전신을 휘감았다. 그러자 검은 더 빠르고 치명적으로 변했고, 혈가의 무사들은 추풍낙엽처럼 쓰러져 갔다.

그러기를 얼마나 지났을까?

"서문회다!"

"퇴각하라!"

혈가의 무사들 쪽에서 경악성이 터졌다.

가장 놀란 것은 서문회, 본인이었다.

'어떻게 나를 알아봤단 말인가?'

그는 반사적으로 손을 들어 얼굴로 가져갔다.

그러자 전해지는 이상한 감촉. 아수라마공의 열기를 이기지 못하고 흘러내린 인피면구가 목에 걸려 있었다.

'이런……'

서문회의 얼굴이 한순간 당혹감으로 인해 무참히 일그러졌다.

뒤이어 그의 입을 뚫고 노호성이 터져 나왔다.
"놈들을 막아라! 한 놈도 놓쳐선 안 될 것이다!"
동시에 서문회는 도주하는 혈가의 무사들을 쫓아 몸을 날렸다.
'저쪽은 거리가 있어서 나의 존재를 모를 터. 하면 저놈들만 죽이면…….'
화아악!
서문회가 지나간 곳에서 비명이 터졌다.
아수라마공의 열기를 감당하지 못한 남만군 다수가 피를 토하며 쓰러진 것이다.
서문회는 아랑곳하지 않고 혈가의 무사들을 쫓았다. 그 과정에서 상당수가 그의 검에 피를 뿌리며 쓰러졌다.
하지만 여전히 많은 무사가 숲으로 뛰어들었고, 제아무리 서문회라도 혼자서는 어찌할 수 없는 상황으로 이어졌다.
바르르…….
서문회의 얼굴이 경련을 일으켰다.
인피면구가 벗겨질 거라고는 상상조차 못했던 그였기에 이 상황을 도저히 받아들일 수가 없었다.
'내가 이곳에 있음을 알게 된다면 이연후, 놈도 더 많은 병력을 불러들일 게 분명한데…….'
분노가 치밀었다.

꽈악!

치아가 파고든 입술이 파랗게 죽어 갔다.

누구한테도 풀 수 없는 상황이어서 분노는 더 클 수밖에 없었다.

핵!

서문회의 고개가 우측을 향해 돌아갔다.

여전히 그곳에서는 월가의 무사들이 석차를 파괴하기 위해 혈전을 벌이고 있었다.

"모조리 죽여 주마."

* * *

사천당가 대전각의 지붕.

전장을 바라보는 현진의 미간에 주름이 잡혔다.

여러 대의 석차를 파괴했지만, 아군의 피해도 만만치 않았다.

심지어 분명 우위를 점하고 있던 아군이 어느새 뒤로 밀리기 시작하고 있었다.

'저들이 감당할 수 없는 고수라도 있었던 건가?'

그게 아니라면 두 가문의 정예들이 저토록 일방적으로 밀릴 리가 없었다.

특히 좌측으로 뛰어들었던 혈가의 정예들은 거의 궤멸

상태에 이르러 있었다.

 현진은 흩어져 퇴각하는 혈가의 무사들을 응시하며 눈빛을 가랑낮혔다.

 그러기를 얼마나 지났을까?

 사천당가의 남문을 넘어서는 혈가의 무사들이 있었다. 그들 중 하나가 황급히 현진이 서 있는 대전각으로 달려와 소리쳤다.

 "남만군에 서문회가 있습니다! 그가 남만군을 이끌고 있습니다! 적들이 그를 군사라 부르는 걸 똑똑히 들었습니다!"

 "……!"

 현진은 경악했다. 우려가 현실이 되어 버린 것이다.

 '역시 그랬군.'

 현진은 시선을 전장으로 돌렸다.

 이번에는 월가의 정예들이 혼비백산하여 흩어지고 있었다. 혈가의 무사가 전한 말이 사실이라면 서문회가 뛰어든 것이리라.

 '저들을 구해야 한다!'

 현진은 전각 아래를 향해 외쳤다.

 "기관을 발동하세요!"

 "군사! 아직 적이 사정거리 안으로 들어서지 않았습니다!"

"명령이니 어서 발동하세요!"

"……예!"

사천당가의 남문 뒤쪽에 포진했던 당가의 고수들이 일제히 벽에 달려 있던 장치를 끌어당겼다.

그러자 남쪽에서 당가로 이어지는 벌판의 앞쪽에서 기괴한 움직임이 일어났다.

퍼퍼퍽!

땅을 뚫고 수많은 쇠꼬챙이들.

그것들이 일제히 적의 선두를 향해 날아갔다.

쐐애액!

퍼퍼퍽!

"크아악!"

"으아악!"

예상하지 못한 가공할 공격에 적의 선두가 한순간 큰 혼란에 휩싸였다.

게다가 쇠꼬챙이들은 단순한 암기가 아니었다.

퍼퍼펑!

쇠꼬챙이에 달려 있던 시커먼 구슬이 충격을 받아 폭발하면서 엄청난 파편 튀어나와 두 번째 타격을 가했다.

"크악!"

"으아악!"

콰지직!

미처 속도를 제어하지 못한 적들이 밀물처럼 밀려들면서 아군의 말발굽에 짓밟혀 죽어 나가기 시작했다.

과연 사천당가의 기관은 천하일절(天下一絶)이라 할 만했다.

하지만 현진은 전혀 만족할 수 없었다.

적의 선두가 지나가고 그 한가운데에서 발동했어야 할 기관이었다. 그랬더라면 더욱더 큰 타격을 가할 수 있었을 것이다.

서문회 때문에 전략, 전술이 꼬여 버린 탓이었다.

휘리릭!

총사 한송과 월가의 가주 야월이 현진의 곁으로 뛰어올랐다.

야월이 따지듯 외쳤다.

"적이 사정거리 안으로 들어서지도 않았는데 어째서 기관을 발통시킨 것이오!"

현진은 무거운 어조로 대답했다.

"서문회가 남만군을 이끌고 있습니다. 특공조로 뛰어든 아군을 구하려면 그것 말고는 방법이 없었습니다."

한송이 두 눈을 부릅떴다.

"지금…… 서문회라고 했소?"

"예. 혈가의 무사가 두 눈으로 똑똑히 보았다고 합니다."

화가 잔뜩 나 있었던 야월의 낯빛도 딱딱하게 굳어졌다.

현진이 말을 이었다.

"월가의 특공조가 위험합니다. 그들을 구하려면 적의 이목을 분산시켜야……."

야월이 말을 자르고 들어왔다.

"됐소! 무사가 전장에서 죽는 것만큼 명예로운 것은 없으니 저들을 구하기 위해 더는 전략, 전술을 바꾸지 마시오."

"……."

전장을 바라보는 야월의 두 눈이 붉게 타들어 갔다.

"녀석들도 기꺼이 죽음을 받아들일 것이오. 우리 월가의 무사들은…… 그렇게 태어났소."

현진은 가슴 한쪽이 찡했다.

야월과 월가는 연후가 여전히 거슬려 하는 존재들이었다. 현진도 그들에 대한 편견을 갖고 있었다.

하지만 적어도 지금 이 순간만큼은 전혀 그렇게 볼 수가 없었다.

'이 사람도 결국은 중원의 무인이었구나.'

현진은 총사 한송을 돌아보며 말했다.

"잠시 자리를 비워야겠습니다."

"위중한 시기에 자리를 비우겠다니, 그게 무슨……."

한송이 말을 다 하기도 전에 현진은 지붕을 박차고 뛰어올랐다. 그리고 그가 향한 곳은 전장이었다.
"이보시오, 군사!"
 한송이 다급하게 외쳤지만 이미 현진은 까마득한 곳을 날아가고 있었다.
 그러한 현진을 응시하는 야월의 눈빛이 가늘게 흔들렸다. 그는 현진의 의도를 짐작하고 있었다.
'본 가의 아이들을 구하기 위해서 사지로 뛰어들다니……'
 콰악!
"총사, 이 몸도 잠시 자리를 비워야겠소."
 쾅!
 한송이 반응을 하기도 전에 야월은 지붕을 박차고 뛰어올라 현진을 쫓았다.
 그제야 현진의 의도를 간파한 한송이 짙은 한숨을 내쉬었다.
"하아…… 제 주인을 닮아 한 명의 무사조차 소중히 여기겠다는 것인가? 하나 군사는 더 많은 이들을 더 소중히 여겨야 하는 자리이거늘……."

* * *

 번쩍! 쾅!

"크!"

서문회의 일검을 막아 낸 월가의 무사가 신음을 토하며 휘청거렸다.

다른 무사가 동료를 구하기 위해 서문회를 향해 달려들었다가 일검에 상하체가 분리되는 참혹한 죽음을 맞았다.

퍽!

"크악!"

"서문회다! 서문회가 나타났다!"

뒤늦게 서문회의 존재를 파악한 월가의 무사들이 동요하기 시작했다.

하지만 이미 적들이 사방을 에워싼 상황에, 우측 숲까지는 거리가 제법 있어서 무사히 빠져나가기란 거의 불가능한 상황이었다.

"썅! 모두 달려들어!"

월가의 무사들이 도주를 포기하고 서문회를 향해 달려들었다.

하지만 서문회는 그들이 어떻게 할 수 있는 자가 아니었다.

콰지직!

"으악!"

"크악!"

또다시 두 명의 무사가 피를 뿌리며 날아갔다. 온몸에 피를 뒤집어쓴 서문회는 정체가 드러난 것에 대한 분풀이를 하려는 듯 성난 호랑이처럼 칼춤을 추고 있었다.

그의 광기 어린 칼춤에 주변의 남만군들이 감히 뛰어들지 못한 채 바라만 보고 있었다.

그때였다. 한 줄기 시커먼 연기가 서문회를 향해 날아들었다.

"……!"

또 다른 월가의 무사를 향해 막 달려들려고 했던 서문회는 난데없는 상황에 호신강기를 일으키며 뒤로 몸을 뺐다.

그러자 연기는 마치 살아 있는 생명체처럼 그를 향해 방향을 틀었고, 뒤이어 서문회의 지척에 이르러 폭발했다.

쾅!

서문회는 온몸을 짓누르는 강력한 충격에 호신강기의 범위를 더 크게 넓히며 재빨리 뒤로 물러섰다.

그런 그를 향해 이번에는 한 줄기 섬광이 빛살처럼 날아들었다. 얼마나 빠른지 천하의 서문회도 피하는 건 불가능했다.

서문회는 검을 휘둘러 섬광을 후려쳤다.

꽝!

"……!"

짜자작!

서문회의 장포가 충격을 이기지 못하고 갈기갈기 찢겨 날아갔다.

그때 또 한 발의 섬광이 날아들었고, 이번에도 서문회는 검을 휘둘러 섬광을 후려쳤다.

쾅!

짜자작!

다시 찢겨 날아가는 장포.

서문회는 난무하는 여파 너머로 보이는 한 사람을 발견하고는 안광을 번뜩였다.

'……야월!'

야월이었다. 그가 서문회를 향해 싸늘히 말을 뱉었다.

"오랜만이오, 원주."

"배알도 없는 놈. 이연후에게 충성을 다하기로 맹세라도 한 것이냐!"

"당신은 야만족들에게 영혼이라도 판 것이오?"

"……!"

"아무리 복수가 중하다지만 당신은 선을 넘었소. 그리고 장담하는데, 당신은 결코 뜻을 이루지 못할 거요. 그는 이미 당신이 감당할 수준을 넘어섰소. 모든 면에서."

꿈틀!

화아악!

서문회의 전신이 가공할 마기를 뿜어냈다.

야월은 끝까지 그가 함께할 생각을 품고 있었던 자였다. 그런 야월이 자신 앞에서 연후를 치켜세우다니.

"네놈부터 죽여 주마, 야월."

서문회의 두 눈마저 붉게 변해 갔다.

바로 그때, 검은 연기가 다시 그를 향해 날아들었다. 그런데 조금 전과는 달리 폭발을 일으키지 않고 서문회의 전신을 휘감기 시작했다.

서문회는 뒤로 물러서며 호신강기를 이용해 연기를 몰아내려 했지만, 연기는 집요하게 그에게 달라붙어 시야를 가렸다.

그러기를 숨 몇 번 쉴 시간이 지났을까?

연기가 걷혔다. 그리고 서문회는 야월과 월가의 무사들이 사라진 것을 깨달았다.

중상을 입어서 미처 빠져나가지 못한 두 명의 무사가 스스로 목숨을 끊는 것을 보며 서문회는 분노에 몸을 떨었다.

"이 이……."

화르륵!

"컥!"

"크악!"

"구, 군사! 어서 마기를 거둬 주십시오!"

가까운 곳에 있었던 남만군들이 강력한 마기를 감당하지 못하고 하나둘 쓰러지고 있었다.

하지만 서문회는 마기를 거두지 않았다. 머리끝까지 치민 분노가 그를 지배하고 있는 까닭이었다.

* * *

야월은 수하들을 돌아봤다.

쉰 명이 나섰는데, 돌아온 자는 고작 열한 명이 전부였다.

"죄송합니다. 갑자기 서문회가 나타나는 바람에 석차를 얼마 파괴하지 못했습니다."

"됐으니 뒤로 물러나 숨을 돌린 다음 다시 자리로 돌아가도록 하거라."

"……예."

수하들이 물러가자 야월은 현진을 응시했다.

고맙다는 말이 목구멍까지 올라왔지만 입 밖으로 흘러나온 건 엉뚱한 말이었다.

"한 번만 더 자리를 비우면 군사의 자리에서 내려와야 할 거요."

현진은 묵묵히 고개만 끄덕였다.

야월이 횅하니 지붕을 내려가자 한송이 현진의 어깨에 손을 얹으며 위로했다.
"수고했소, 군사."
그러고는 한마디 더 했다.
"나 역시 저 양반과 같은 생각임을 명심해야 할 거요."
"알겠습니다."
현진은 지붕을 내려가는 한송의 뒷모습을 잠시 응시하다가 전장으로 시선을 돌리며 나지막이 숨을 토했다.
"후우……."
휘이잉!
바람이 불어와 현진의 몸에 붙어 있는 혈향을 쓸어 냈다.
현진은 다시 한번 나지막이 숨을 토하고는 북쪽으로 시선을 돌렸다. 그러다가 하늘을 시커멓게 덮어가는 연기를 발견하고는 미간을 좁혔다.
'저 정도 연기면 엄청나게 큰불이 났다는 것인데…….'

* * *

분노에 휩싸인 서문회는 크게 심호흡을 하며 평정심을 회복하기 위해 애를 썼다.
잠시 후 머릿속이 어느 정도 맑아지자 전장이 한눈에

들어왔다.

"크아악!"

"으악!"

선두가 큰 혼란에 휩싸여 있었다.

곳곳에 죽은 자들이 능선을 이루고 있었고, 여전히 죽어 가는 자들이 터트리는 비명이 산천초목을 울리고 있었다.

'기관……'

파르르…….

서문회는 눈빛을 떨었다.

그라고 사천당가의 기관이 가진 강력함을 어찌 모를까. 당연히 예상을 하고 전술, 전략을 마련했지만 막상 두 눈으로 보고 있자니 온몸에서 소름이 올라올 지경이었다.

응숙이 다가오며 외쳤다.

"군사! 선봉 부대의 피해가 너무 막심합니다!"

서문회는 갈등했다. 하지만 그 시간은 결코 길지가 않았다.

"선봉 부대를 뒤로 물리고 남은 돌덩이를 모조리 퍼붓도록 하거라!"

"예!"

일단 서문회는 물러섰다.

'내게 남은 세력은 이들이 전부다. 결코 헛되이 낭비할 순 없다.'

그렇다고 포기를 할 생각은 추호도 없었다.

서문회는 바람의 방향을 살폈다. 그러고는 두 눈에서 살광을 폭사했다.

'너희가 서장과 북해빙궁을 독으로 물리쳤다면 우리도 그렇게 해 주마.'

서문회는 응숙을 향해 싸늘히 외쳤다.

"묘인들을 대기시켜라!"

"예!"

묘인(苗人)은 남방장성(南方長城) 너머의 이민족들로, 태어날 때부터 독과 함께 살아간다는 말이 돌고 있을 정도로 독에 특화된 종족이었다.

과거 독의 왕국이라 불렸던 묘강이지만, 다른 세력에게 쫓겨서 남만으로 넘어간 그들은 서문회에게 비장의 무기나 다름없었다.

'지옥으로 만들어 주마.'

* * *

휘이잉!

바람이 점점 강해졌다.

서문회는 바람의 방향을 예의주시하며 석차 공격을 멈추지 않았다.

이미 사천당가의 담장 곳곳이 붕괴되었으며, 그 너머의 전각들도 상당한 피해를 입은 상태였다.

그럼에도 서문회는 섣불리 총공격을 명하지 않았다. 한 번 실패하면 더는 기회가 없음을 우려한 까닭에 신중에 신중을 기하고자 했다.

그 와중에 사천당가와의 거리는 점점 줄어들었다. 비록 기관 때문에 상당한 피해를 입었지만 여전히 병력은 압도적으로 많았고, 바람도 그의 편이었다.

서문회는 묘인의 수장을 불러서 물었다.

"얼마나 더 가까워지면 독공이 가능하겠느냐!"

"앞으로 백여 장만 더 진격하면 충분히 가능합니다!"

짧다면 짧고, 길다면 길 수도 있는 거리였다. 하지만 서문회는 그 시간이 곧 올 거라 확신했다.

'놈들은 이들의 존재를 모른다. 하면 사정거리 안으로만 들어가면 일거에 무너뜨릴 수 있다.'

서문회의 입가에 맺힌 회심의 미소가 점점 짙어져 갈 때였다.

"군사! 바람의 방향이 바뀌었습니다!"

"……!"

서문회의 낯빛이 일그러졌다.

'이런…….'

묘인의 수장이 다시 말했다.

"저 근처의 지형 때문에 바람의 방향이 수시로 바뀌는 것 같습니다! 이러면……."

"군의 사기를 떨어뜨리는 말은 삼가라!"

"……예."

"계속 퍼부어라!"

"군사!"

응숙이 다가오며 외쳤다.

"돌이 다 떨어졌습니다!"

"지천에 널린 것이 돌이지 않느냐!"

"그게…… 포대에 맞는 것을 찾으려면 시간이……."

"전투에 투입되지 않은 후방 부대를 총동원해서라도 속히 돌을 찾아라!"

"알겠습니다!"

서문회는 사천당가의 남문 주변을 살폈다. 좌우에 깎아지른 절벽이 병풍처럼 솟아올라 있었고, 그 아래로 우거진 숲이 기이한 형태로 자리하고 있었다.

바람의 방향이 수시로 바뀌는 것은 아마도 좌우의 절벽 때문인 것 같았다.

'바람이 잦아들지 않을 경우에 대비해야 한다. 그러자면…….'

서문회는 최악의 경우를 가정해 계책 마련에 몰두했다.

그 와중에도 선봉 부대는 사천당가의 기관진식에 빠져 여전히 허우적대고 있었고, 피해는 시간이 지날수록 점점 커져만 갔다.

더불어 돌이 떨어지면서 석차의 공격이 한순간 끊기는 바람에 상대적으로 중원연합군은 전열을 재정비할 여유를 가질 수 있었다.

휘이잉!

그때였다. 사천당가의 좌우에서 중원연합군이 쏟아져 나오면서 남만군의 선봉 부대 좌우를 들이쳤다.

콰지직!

콰콱!

"크아악!"

"으악!"

기관진식 때문에 혼란에 빠졌던 남만군의 선봉 부대는 개개인의 무력이 월등한 중원연합군의 기습에 속수무책으로 당할 수밖에 없었다.

그곳에서도 사천당가의 암기는 강력한 위력을 발휘했다.

그리고 하나 더. 육손의 등장 이전까지 독에 있어서 타의 추종을 불허했던 당가의 독공이 더해지자, 전황은 급속도로 중원연합군 쪽으로 기울어지기 시작했다.

파르르…….

서문회는 눈빛을 떨었다.

'사천당가의 기관이 이렇게 무서웠다니…….'

말로만 들었던 사천당가의 기관진식. 그 위력은 과연 명불허전이었고, 서문회에게 깊은 상처를 남기고 말았다.

그때였다. 무사 한 명이 황급히 달려와 외쳤다.

"군사! 북쪽에서부터 다수의 적군이 빠르게 내려오고 있습니다!"

"……!"

서문회는 두 눈을 부릅떴다.

북쪽에서부터 내려오는 적군이라면?

'아군을 쫓아갔던 놈들인가? 아니면 다른 지원 병력이 내려오고 있다는 것인가?'

서문회의 얼굴이 붉게 달아올랐다.

그야말로 설상가상(雪上加霜)이었다.

이제 서문회로서는 계책을 강구하고 말 것도 없이 남은 선택은 두 가지뿐이었다.

이대로 밀고 들어가느냐, 아니면 후일을 도모하여 병력을 물리느냐.

꽈악!

'빌어먹을…….'

서문회에게는 치명적인 약점이 존재했다. 그것은 바로 남만군이 그가 가질 수 있는 최후의 세력이라는 점이었다.

여기서 재기불능의 타격을 입으면 후일을 도모할 수 없음은 물론이고, 홀로 중원무림을 상대로 전쟁을 벌어야 하는 최악의 상황에 처하게 될 터였다.

그리고 하나 더. 그는 자신이 군사로서 대군을 이끌 능력이 모자란다는 점을 인식하지 못하고 있었다.

이미 대막이 멸망할 때 밑천을 드러낸 바가 있지만, 정작 그 자신은 자신의 무능이 아닌 대원수 태무령의 배신과 북해빙궁의 기습 때문이라고만 여기고 있었다.

"군사! 속히 명령을 내려 주십시오!"

중군과 후군의 수장들이 다가와 소리쳤다.

서문회는 그들을 돌아보며 애써 감정을 억누르며 말했다.

"퇴각한다."

"군사!"

"돌아가서 석차를 보강한 후 다시 올라온다! 하니 어서 퇴각 나팔을 불어라!"

"퇴각한다! 퇴각 나팔을 불어라!"

뿌우웅!

* * *

 현진과 한송이 나란히 서서 물러가는 적을 바라보며 눈빛을 가라앉혔다.
 한송이 중얼거리듯 말했다.
 "서문회라면 끝장을 볼 거라 여겼거늘……."
 "그에게는 치명적인 약점이 있습니다."
 "그게 무엇이오?"
 "이미 십만대산에서 실패를 한 그에게 남만군은 그가 가질 수 있는 최후의 세력이라는 점이지요. 여기서 심대한 타격을 입으면 복수의 동력을 상실하게 될 터이니, 더 싸운다는 것은 도박이나 다름없었을 겁니다. 해서 물러가는 것 같습니다."
 "흠……."
 한송이 무겁게 고개를 끄덕였다.
 그때 사천당가주 당효가 올라서자 한송이 그를 향해 포권을 취했다.
 "당가의 기관이 적의 대군을 물리쳤소. 연합군의 모두를 대신하여 진심으로 감사드리는 바이외다, 가주."
 "저 역시 총사와 같은 마음입니다."
 현진마저 머리를 숙였다.
 당효가 무거운 표정으로 말했다.

사천당가의 혈전 〈141〉

"거의 모든 기관과 암기를 소모했습니다. 만약 적이 한 달 안에 재차 진격을 해 온다면 더는 막을 방법이 없을 것 같습니다."

"그 문제는 대지존과 함께 논의토록 해 보십시다."

"예, 총사."

현진은 사천당가의 곳곳을 둘러보았다.

파손된 전각이 여러 채가 있었는데, 다시 지어야 할 정도로 완파에 가까운 피해를 입은 전각이 대부분이었다.

'이번 전투는 오로지 당가의 힘으로 막아 낸 것이었다. 과거 서역무림과의 전쟁이 이들을 더 강하게 만들어 주었구나.'

사실 현진도 사천당가의 저력이 이 정도일 줄은 몰랐었다.

그때 누군가 바람처럼 떨어져 내렸다. 서백이었다.

"적이 물러가는군요!"

한송이 되물었다.

"대지존께서는 어디 계신가?"

"오고 계십니다."

"쫓아갔던 적은 어찌하였고?"

"그게…… 그냥 다 쓸어버렸습니다."

차마 적 대부분을 협곡에 가두고 불태워 죽였다는 말을 할 수가 없었던 서백은 그렇게 대답했다.

잠시 후 모두는 사천당가의 정문을 넘어서는 연후를 맞았다.

 모두는 크게 놀랐다. 분명 서백이 몇 배에 달하는 적을 섬멸했다고 했는데, 아군의 피해가 거의 없던 까닭이었다.

 뒤늦게 연후의 귀환을 알고 나온 동방리가 한 마리 새처럼 연후의 앞으로 떨어져 내렸다.

 "다치신 곳은 없는 거죠?"

 "괜찮소."

* * *

 연후는 현진, 한송과 탁자를 가운데 두고 마주 앉았다.

 연후는 현진으로부터 서문회의 존재를 전해 들었으나, 이미 그럴 가능성을 염두에 두고 있었기에 담담한 반응을 내비쳤다.

 "역시 그랬군."

 한송이 말했다.

 "그자의 무위는 대단하긴 하나, 군을 이끄는 능력은 형편없는 것 같았소."

 현진이 말을 받았다.

 "그렇습니다. 오늘만 해도 공격 방법을 달리했더라면

아군이 큰 낭패를 보았을 것입니다."

연후는 의자에 깊숙이 몸을 묻으며 눈빛을 가라앉혔다.

"이러면 굳이 전선을 북쪽까지 올릴 필요가 없겠군."

"그렇습니다. 오늘 맞부딪쳐 본 결과, 이곳에서도 충분히 물리칠 수 있을 것 같습니다."

연후는 묵묵히 고개를 끄덕이고는 한송을 응시하며 말했다.

"수고 많으셨소."

"이 몸은 한 게 아무것도 없소이다."

한송은 침통한 표정을 짓고는 말을 이었다.

"이번 전투는 오롯이 사천당가의 공이 컸소. 그들이 입은 막대한 피해를 생각하면……."

거기까지 말한 한송은 더 이상 차마 말을 잇지 못했다.

연후는 그 모습에서 한송의 면모를 다시 한번 느낄 수 있었다. 평소 누구보다 냉철한 듯 보이는 그였지만, 내면은 한없이 따뜻하다는 것을.

현진이 물었다.

"그래도 서문회의 존재가 확인된 이상 전략을 바꿔야지 않겠습니까?"

"그래야겠지."

연후도 그 점을 생각하고 있었다.

'서문회가 세력을 가졌다. 하면 북벌을 늦추는 한이 있

더라도 여기부터 완벽하게 정리해야 한다.'

서문회라는 존재를 두고 북벌에 나설 순 없는 노릇이었다. 혼자라면 모를까, 남만이라는 결코 만만치 않은 세력을 등에 업었다.

그런 서문회를 두고 북벌에 나선다는 것은 언제 날아들지 모를 칼날을 등 뒤에 두고 터전을 비우는 것이나 다름없는 일이었다.

"일단 전열을 정비하는 시간을 가지면서 방법을 찾아보도록 하지."

"알겠습니다."

자리를 파한 연후는 당가의 본채가 아닌 북로검단의 막사에서 휴식을 취했다.

북로검단의 분위기는 매우 좋았다. 부대를 창설한 이후 벌인 첫 전투에서 혁혁한 전과를 올린 까닭이다.

검가의 일부 무사들과는 달리 그 누구도 연후가 협곡에서 벌인 잔혹한 일에 이의를 제기하지 않았고, 오히려 가장 확실하게 적의 전의를 꺾었다며 열렬히 지지하는 분위기였다.

* * *

사천당가 북부 산악 지대.

일만에 달하는 병력이 거친 산세를 가로지르며 남하하고 있었다.

펄럭펄럭!

바람에 나부끼는 거대한 깃발은 그들이 황하수련임을 말해 주었다.

선두에서 이동하는 련주 우문적의 입에 나뭇가지가 물려 있었다. 그는 나뭇가지를 질겅질겅 씹으며 시커멓게 변해 버린 하늘을 응시했다.

"벌써 시작된 모양이군. 그나저나 저 불은 뭐지?"

황태는 능선 위쪽까지 치솟은 불길을 응시하며 미간을 좁혔다.

"협곡 안쪽에서 불이 난 것 같은데…… 누가 일부러 지르지 않았다면 저런 곳에서 불이 날 리는 없지 않겠소?"

우문적의 곁에 황태가 있었다. 북해빙궁과의 전쟁이 끝난 이후, 황태는 지금껏 의형인 우문적과 함께 황하수련에 머물고 있었다.

"여기서 한바탕 전투라도 벌어진 모양이군. 어이!"

"예!"

"가서 살펴봐."

"알겠습니다."

무사 한 명이 협곡을 향해 바람처럼 달려갔다. 그리고 잠시 후 잔뜩 굳은 얼굴로 돌아왔다.

"어째 표정이 그 모양이냐?"

"그게…… 협곡 주변에 남만군의 시신이 쫙 깔려 있습니다. 부상을 입은 놈을 통해 알아봤는데…… 대지존께서 협곡에 갇힌 남만군을 모조리 불태워 죽였다고 합니다."

"……!"

우문적과 황태가 서로를 쳐다봤다.

그러고는 곧 대소를 터트렸다.

"으하하하! 역시 그 양반답군!"

"갑자기 그 양반이 더 보고 싶어지는 것 같소. 후후후."

"그럼 속도를 올려 볼까?"

"좋지요."

"그 전에 먼저 해야 할 게 있지."

우문적이 수하들을 돌아보며 외쳤다.

"주변을 샅샅이 뒤져서 살아 있는 놈들이 있으면 모조리 숨통을 끊어 버린다! 실시!"

"예!"

황하수련의 무사들이 협곡을 향해 달려 나갔다.

황태는 그 모습을 지켜보며 흐릿하게 웃었다.

"이제 제법 틀을 갖춰가는 것 같소."

"아우 덕분이다. 아우가 전수한 검술이 모두의 사기를 제대로 높여 줬잖아. 아무튼 고맙다."

"그런 말도 할 줄 아시오?"

"아우하고 그 양반한테만 하는 말이지. 그러니까 영광으로 알라고. <u>흐흐흐</u>."

피식.

황태는 전방을 응시했다.

이제 산 하나만 넘어가면 사천당가가 나온다. 그곳에 연후가 있으리라.

'사람이 이처럼 보고 싶은 적은 없었는데……'

4장
서문회의 한 수

서문회의 한 수

사천성 남쪽 남만군 군영.

바람이 도와주지 않은 탓에 퇴각할 수밖에 없었던 서문회는 애써 분을 삭였다.

비밀 병기라 자부했던 묘인의 강력한 독공을 써 보지도 못하고 물러선 것이 통한으로 다가왔다.

'멍청한 것들. 도대체 어디까지 올라갔기에 아직까지 돌아오지 않는단 말인가!'

교란을 목적으로 북쪽으로 보냈던 병력이 아직 돌아오지 않고 있었다. 자신의 전술을 제대로 이해하지 못한 것은 아닐까 하는 우려와 더불어 혹시라도 잘못되었을 수도 있다는 불안감이 서문회를 괴롭혔다.

무려 오만에 달하는 병력이 잘못되었다면 엄청난 타격

을 입는 것이었다.

 더 불안한 것은 사천당가에 어느 정도의 병력이 남아 있는지 확인을 하지 못했다는 것이었다. 병력을 확인했더라면 어느 정도의 병력이 남만군을 쫓아 북쪽으로 이동했는지 충분히 유추가 가능했을 터였다.

 '결국 이곳에서 겨울을 보내며 남만에서 지원군을 더 끌어와야 하는 것인가.'

 서문회는 최악의 상황까지 생각하며 계책 마련에 고심했다.

 그러기를 얼마나 지났을까?

 "군사!"

 응숙이 들어섰다.

 "무슨 일이냐?"

 "북쪽으로 떠났던 병력 일부가 돌아왔습니다. 한데……."

 응숙이 말을 제대로 잇지 못하자 서문회는 치미는 불안감을 억누르며 다그쳤다.

 "무슨 일인지 어서 말하지 못할까!"

 "백야벌의 대지존이 직접 추격을 해 오는 바람에 거의 모든 병력이 궤멸당했다고 합니다. 그것도 대부분의 병력은 협곡에 갇혀 불에 타죽었다고……."

 "……!"

 쿵!

서문회는 머릿속에서 대종이 울리는 것 같은 충격을 받았다. 우려가 현실이 되어 버린 것이다.

'이연후······.'

서문회는 두 눈을 질끈 감았다.

병력의 손실도 충격이 컸지만, 이연후가 자리를 비웠음에도 사천당가를 공략하지 못했다는 것이니 충격이 클 수밖에 없었다.

응숙이 말을 이었다.

"적의 잔혹함에 무사들이 동요하고 있습니다. 상황을 전해 들은 꽤 많은 무사들이 고향으로 돌아가자며 벌써부터 동요를 보이고 있습니다."

꿈틀!

"말이 퍼지지 않게 했어야지!"

"······."

"함부로 말을 퍼트리는 자는 참형에 처할 것이라 알리거라! 어서!"

"······예."

응숙이 막사를 나가자 서문회는 두 손으로 얼굴을 감싸며 머리를 숙였다.

바르르······.

얼굴을 감싼 손끝이 바르르 떨렸다.

'최악의 결과다.'

수만 병력을 잃었건만, 얻은 것이라고는 사천당가의 담장 일부와 전각 몇 채를 부순 것이 전부였다.

또한 남고 휘하의 병력 일부가 생환하여 연후의 잔혹함을 알리면서, 군 전체가 동요하기 시작했다.

이 동요를 막지 못한다면 더 이상 전투를 이어 나가는 건 불가능했다.

꽈악!

서문회는 다시 계책 마련에 고심하기 시작했다.

그러기를 얼마나 지났을까?

팟!

뭔가를 생각해 낸 서문회의 두 눈이 독기를 발했다.

'떨어진 사기를 진작시키기 위해서라도 어떻게든 타격을 입혀야 한다. 그러자면…….'

"여봐라!"

"예, 군사!"

호위가 들어섰다.

"가서 묘인의 수장을 불러오너라."

"알겠습니다."

꽈악!

서문회의 주먹에 굵은 힘줄이 올라왔다.

"내가 직접 움직일 수밖에."

* * *

싸아아…….

칠흑 같은 어둠이 내려앉은 밤.

사천당가를 향해 은밀하게 움직이는 자들이 있었다.

모두 다섯 명. 그 선두에는 서문회가 있었다.

서문회는 주변을 둘러보며 눈빛을 가라앉혔다. 대낮의 전투에서 죽은 남만군의 시신들이 아무렇게나 나뒹굴고 있었다.

또한 곳곳에 파괴된 기관의 잔해물들이 어지럽게 널려 있었다.

[여기서 헤어진다. 일을 끝내면 곧장 군영으로 돌아가도록.]

[알겠습니다.]

묘인들이 좌측으로 빠졌다. 연합군의 군영이 있는 곳이었다.

반면 서문회는 곧장 사천당가로 직진했다.

작정하고 어둠 속에 몸을 숨긴 서문회를 발견할 수 있는 자는 천하에 몇 되지 않았다.

그런 서문회의 손에 자그마한 호리병이 들려 있었다. 서문회는 호리병을 내려다보며 안광을 번뜩였다.

'놈의 말이 사실이기를…….'

중원무림이 무형지독을 최고의 독이라 말하지만, 저희 묘인들이 만든 이것은 그것보다 더 강력합니다.

휘이잉!
사천당가와 가까워지니 바람이 거세졌다.
대낮의 전투에서 그토록 서문회의 애간장을 태우게 만들었던 바람이 지금은 사천당가 쪽을 향해 사납게 불어대고 있었다.
잠시 후 담장 아래까지 접근한 서문회는 빈틈을 찾아내어 그곳을 통해 담장을 넘어갔다.
바로 지척에 경계 무사들이 있었지만 누구도 그를 발견하지 못했다.

* * *

야월의 거처.
군사 야화가 찻잔에 뜨거운 물을 따르며 조심스럽게 물었다.
"이 전쟁이 어떻게 될 거라고 보시는지요."
"오만이 고작 일만에게 궤멸을 당할 정도면 적의 수준이야 뻔한 것. 크게 신경 쓸 것도, 걱정할 것도 없지 않겠느냐."

"그래도 저쪽에 서문회가 있지 않습니까?"

"그자가 아무리 뛰어나다 한들 혼자서 무엇을 할 수 있겠느냐. 때가 되면 또 제 한 목숨 살고자 홀연히 사라지겠지."

야월은 차를 한 모금 마시고는 만족감을 드러냈다.

"당가의 차는 역시 일품이구나. 새삼 느끼는 바이지만 재주가 많은 자들이야."

"그렇습니다. 솔직히 대낮의 전투에서 보여 주었던 당가의 기관과 암기의 위력은 믿기지가 않을 정도였습니다. 해서 드리는 말씀인데…… 전쟁이 끝나고 돌아가면 암기와 기관을 공부해야 할 것 같습니다. 당가 정도의 수준까지만 끌어올려도 본 가의 전력은 배가될 것입니다."

"녀석, 그런 생각을 하고 있었느냐?"

야월의 입가에 미소가 번져 갔다.

사촌지간이었으나, 어릴 적부터 함께 자란 야화는 야월에게 있어 친동생이나 마찬가지인 존재였다.

"화아야."

"예, 가주."

"어허, 이 녀석아. 우리 둘이 있을 땐 호칭을 달리하라 하지 않았느냐."

"예, 형님."

"네가 곁에 있어 주어서 참으로 든든하구나. 부디 더

정진하여 나는 물론이고, 대지존을 능가하는 사람이 되어야 한다. 알겠느냐?"

"예, 형님."

야월은 야화를 응시하며 미소를 머금다가, 이내 연후를 떠올리며 눈빛을 가라앉혔다.

'그를 뛰어넘을 수 있을까?'

언제부턴가 야월은 연후를 인정하기 시작했다.

이제 연후는 그에게 언제든 꺾을 수 있는 비린내 나는 애송이가 아닌, 더는 넘을 수 없는 거대한 장벽처럼 각인되어 있었다.

"한 잔 더 따르려무나."

"예. 하면 물을 더 가져오겠습니다."

"아니다. 물이 떨어졌으면 그만 마시자꾸나."

"아닙니다. 금방 가져올 테니 잠시만 기다려 주십시오."

야화가 주전자를 들고 거처를 나서자, 야월은 자리에서 일어나 창문을 열어젖혔다.

휘이잉!

제법 찬바람이 야월의 얼굴을 할퀴고 지나갔다.

야월은 어둠에 잠겨 있는 세상을 바라보며 나지막이 숨을 토했다.

"후우……."

그때였다.

우지끈!

쾅!

"으악!"

돌연 밖에서 뭔가 부서지는 소리와 함께 비명이 울렸다.

야월의 몸이 반사적으로 문을 향해 미끄러지듯 향했다.

쾅!

거칠게 문을 열고 뛰쳐나간 야월의 눈에 목을 움켜쥔 채 휘청거리는 야화의 모습이 비수처럼 박혀 들었다.

"화아야!"

"서, 서문회가……."

움켜쥔 손가락 사이로 피가 철철 흘러내렸다. 뒤이어 야화는 야월의 품속에서 숨을 거뒀다.

콰지직!

와장창창!

"크악!"

"으아악!"

곳곳에서 터져 나오는 비명에도 야월은 야화를 품에 안은 채 몸을 떨었다.

* * *

잠이 들었던 연후는 잠결에 들려온 소란에 눈을 떴다.

밖에서 철우의 목소리가 흘러들었다.

"당가의 본채가 있는 쪽입니다. 제가 먼저 가 보겠습니다."

휘리릭!

바람을 가르는 소리에 이어 철우의 기척이 멀어졌다.

연후는 겉옷을 걸치고 막사 밖으로 나섰다.

휘리릭!

바로 옆 막사에서 동방리와 서령이 뛰쳐나왔고, 곧이어 서백과 육손이 달려왔다.

"무슨 일이죠?"

"내가 가 볼 테니 여기 있으시오."

쾅!

땅을 박차고 뛰어오른 연후의 뒤를 서백과 육손이 따랐다.

서령이 동방리를 돌아보며 물었다.

"가 봐야지 않을……."

쾅!

동방리도 땅을 박차고 뛰어올랐다. 서령은 쓴웃음을 짓고는 그녀의 뒤를 쫓았다.

그때였다.

"으아악!"

"크어억!"

군영 좌측에서도 소란이 일었다. 혈가의 군영이 있는 쪽이었다.

저만치 앞까지 달려갔던 동방리가 방향을 틀어 되돌아오자 서령은 허공에 띄웠던 몸을 지상으로 내렸다.

"적의 기습인가 봐요!"

휘리릭!

동방리는 곧장 혈가의 군영이 있는 곳으로 몸을 날렸다. 서령이 재빨리 곁을 따라붙었다.

잠시 후 혈가의 군영에 도착한 그녀들은 목을 움켜쥔 채 괴로워하다가 쓰러지는 혈가의 무사들을 보고는 두 눈을 한껏 치떴다.

"독……!"

그때였다.

어둠을 헤치며 달려오는 그림자들이 있었다. 서령의 두 손이 투명하게 변했고, 동방리는 검을 뽑아 들었다.

챙!

"비켜라, 계집들!"

쐐애액!

다짜고짜 날아드는 섬뜩한 기운들.

서령의 눈썹이 칼날처럼 휘어졌다.

"뭐야, 이 개자식들은."

쾅!

"크악!"

그녀의 소수가 그림자 하나를 날려 버렸다. 머리를 정통으로 얻어맞은 그림자가 피를 뿌리며 날아가자, 다른 그림자들이 양방향으로 갈라졌다.

하지만 동방리의 검이 그들을 기다리고 있었다.

번쩍! 퍼퍽!

"크악!"

"우악!"

이제 남은 건 두 명.

서령이 그들을 쫓아 몸을 날리려다가 멈칫했다. 동방리를 두고 갈 순 없었던 것이다.

"쫓아가죠!"

동방리가 먼저 몸을 날렸다.

두 여인은 그림자들을 쫓아 혼신의 힘을 다해 경공술을 펼쳤다.

그렇게 군영 외곽에 이르렀을 때였다. 돌연 뭔가가 날아오더니 지척에서 펑 하고 터졌다.

"독연이에요!"

동방리와 서령은 재빨리 호흡을 멈추며 호신강기를 일

으켰다.

타다다닥!

호신강기에 닿은 독연이 불꽃을 일으키며 소멸되었다. 그 와중에 호신강기를 뚫은 독이 닿으면서 무복 곳곳이 녹아들었다.

동방리와 서령은 재빨리 겉옷을 벗어 던졌다.

"괜찮아요?"

"예, 괜찮아요."

동방리가 어둠 속으로 사라지는 자들을 응시하며 눈빛을 가라앉혔다.

"이런 종류의 독은 처음인데……."

"끔찍할 정도로 강력하네요."

동방리는 혈가의 군영을 돌아봤다.

막사 곳곳에서 무사들이 뛰쳐나오다가 피를 토하더니 그대로 맥없이 쓰러지고 있었다.

동방리는 눈빛을 떨었다.

* * *

번쩍!

"으악!"

"크아악!"

연후는 섬광과 비명이 난무하는 곳으로 몸을 날렸다. 그리고 얼마 지나지 않아 현장에 도착했을 땐 이미 상황은 종료된 뒤였다.

철우가 돌아왔다.

"서문회가 왔다 간 모양입니다."

"틀림없나?"

"예. 월가의 무사 몇 명이 그자임을 확인했다고 합니다."

연후는 눈빛을 가라앉히며 주변을 둘러보았다. 곳곳에 시신이 널브러져 있었다.

그중에는 아직 숨이 끊어지지 않은 채 고통에 몸부림치는 자들도 상당수 있었다. 외상이 없는 것으로 보아 독에 당한 것이 틀림없었다.

육손이 쓰러져 있는 자들을 살폈다. 그러고는 굳은 표정으로 연후를 돌아보며 말했다.

"대부분 독에 당한 것 같습니다."

"저들은 회생 가능성이 없나?"

육손이 고개를 저었다.

"이미…… 오장육부가 녹아들고 있을 겁니다."

참혹했다. 그 짧은 시간에 수십 명이 죽었고, 수십 명이 고통에 몸부림치며 죽어 가고 있었다.

그때였다. 주변을 둘러보던 연후의 눈에 살짝 열린 문틈 너머로 누군가를 부둥켜안고 있는 야월의 모습이 들어왔다.

　아비규환의 참상 속에서도 야월은 그 자세 그대로 꼼짝을 하지 않고 있었다.

　연후는 야월이 안고 있는 자를 응시했다. 하지만 야월에 가려 누군지 확인을 할 수가 없었다.

　'소중한 사람을 잃은 건가?'

　아니면 저렇게 미동조차 하지 않을 순 없으리라.

　그때 사천당가의 무사들이 뛰어 들어왔다. 가주 당효가 연후를 발견하고는 황급히 다가왔다.

　"무슨 일입니까!"

　"적의 기습이 있었소."

　연후는 바로 말을 이었다.

　"전각으로 아무도 접근하지 못하게 막으시오."

　"알겠습니다!"

　연후는 다시 야월을 응시했다.

　마침 야월이 일어서고 있었다. 그가 이쪽을 쳐다봤다. 둘의 시선이 허공을 격하고 얽혀들었다.

　'괴로워하고 있다.'

　연후는 야월의 두 눈을 가득 채운 고통과 슬픔, 그리고 분노를 읽을 수 있었다. 그 정도가 너무 깊고 강했기에 아무 말도 건넬 수가 없었다.

　"가주께서 오십니다."

동방리와 서령이 들어섰다. 그녀들은 참혹한 광경에 눈살을 찌푸렸다.

"혈가의 군영도 공격을 받았어요."

"독을 썼소?"

"예."

연후는 말없이 밖으로 향했다.

그러고는 당가의 좌측 숲을 응시하며 눈빛을 가라앉혔다.

'쉽지 않은 전쟁이 되겠군.'

연후는 육손의 독을 이용한 전략으로 수차례 눈부신 결과를 만들어 낸 전적이 있었다.

그런데 이번에는 반대로 적의 독에 큰 피해를 입게 되었다. 그것도 육손이 놀랄 만큼 강력한 맹독에 의해서.

'산발적인 교전에서도 이 정도 피해인데, 대규모 전투가 벌어진다면…….'

생각만 해도 아찔한 결과가 빚어지리라.

"혈가의 군영으로 가겠다."

"예."

* * *

서문회는 어둠 속에서 연후를 바라봤다.

'네놈의 측근인 독왕에게 당해 왔던 이들의 심정이 어떠했을지 네놈도 이제 알게 되겠구나, 이연후.'

그는 굳은 연후의 표정을 보며 싸늘히 웃었다.

'독에 한해서는 타의 추종을 불허하던 당가도 남만과 묘강에는 견주지 못한다는 건 네놈도 잘 알고 있을 터. 하니 감히 섣불리 움직이지 못할 거다.'

그랬다. 서문회가 묘인들을 이끌고 기습에 나선 이유는 바로 시간을 끌기 위함이었다.

독의 무서움을 익히 알고 있는 이연후이니 더더욱 섣불리 공격해 오지 못할 거라는 계산에서였다.

서문회는 모처럼 웃을 수 있었다.

연후라는 철벽같은 존재에 막힌 것이 벌써 몇 번째던가. 하지만 오늘만큼은 자신이 이겼다고 여겼다.

연후의 저 굳은 표정에서 서문회는 성공을 확신하며 어둠 속으로 몸을 날려 사라졌다.

* * *

다음 날 아침, 적의 기습으로 인한 피해가 확인되었다.

월가와 사천당가의 무사 백여 명이 죽었고, 혈가도 이백 명 남짓 목숨을 잃었다.

그것만큼이나 모두를 침통하게 만든 것은 월가의 군사

야화의 죽음이었다.

적에게 독공의 고수가 있다는 사실은 알고 있었으나, 그 위력이 생각보다 위협적이라는 사실에 군영의 분위기는 무겁게 가라앉았다.

분위기가 바뀌면서 연후의 고심도 깊어졌다. 아무리 대지존이라도 군영의 분위기를 무시하고 계책을 낼 순 없었다.

딸그락.

"드십시오."

현진이 연후의 앞으로 찻잔을 내밀며 말을 이었다.

"모두가 적의 독을 두려워하고 있습니다. 아무래도 지금으로서는 대치 국면을 이어 갈 수밖에 없을 것 같습니다."

연후는 묵묵히 고개만 끄덕였다.

"혈왕군을 부르심이 어떨는지요. 서문회가 이끄는 남만군을 두고서는 어차피 북벌은 미뤄야 하지 않겠습니까?"

"이미 그러라 지시를 해 두었다."

"아…… 예."

연후는 이미 어젯밤에 신휘에게 전서를 보내 둔 상태였다.

그는 분위기가 이렇게 바뀔 것을 짐작하고 있었다. 다른 것도 아닌 대량 살상이 가능한 독이라면 틀림없이 동요가 일어날 것이라 여겼고, 짐작은 사실로 이어졌다.

연후는 차를 한 모금 마시고는 눈빛을 가라앉혔다.

"서문회의 한 방이 제대로 먹혀들었어. 덕분에 북해빙궁에게 시간을 줘 버린 셈이 되고 말았다. 그게 무척이나 아쉽단 말이지."

"……."

"나중 일은 나중에 생각하도록 하고, 서문회가 갑자기 기습을 감행한 이유는 시간을 벌기 위함이겠지?"

"저는 그렇게 생각합니다."

"그렇다면 결국 사천에서 겨울을 나겠다는 건데……."

연후는 말끝을 흐리며 의자에 깊숙이 몸을 묻었다. 현진은 그런 연후를 응시하며 그가 할 뒷말을 기다렸다. 잠시 후, 연후가 입을 열었다.

"남만에서 놈들의 군영으로 이어지는 길목을 차단해야겠어. 보나 마나 본국에서 지원 병력을 불러들이려고 할 거다."

"알겠습니다."

"서문회가 눈치채지 못하도록 은밀하게 병력을 움직이도록 해. 단, 월가는 제외한다. 형제처럼 생각하던 군사를 잃었으니 냉철한 판단을 기대하긴 어려울 거다."

"알겠습니다."

그때 육손이 들어섰다. 적이 사용한 독을 연구하느라

밤을 지새운 까닭에 두 눈이 살짝 충혈되어 있었다.

"뭘 좀 알아냈나?"

"무형지독보다 치명적이라는 것 말고는 알아낸 게 없습니다. 죄송합니다."

"무형지독보다 치명적이라……."

현진이 놀란 표정을 지었다.

"남만과 묘강의 독을 다루는 능력이 중원보다 더 뛰어났다는 건 알고 있었지만, 설마 무형지독보다 치명적인 독까지 다룰 수 있을 거라고는 생각해 본 적이 없었는데 말입니다."

"태어나면서부터 독과 함께 자란다는 말조차 있는 이들이니 인정할 건 인정해야지."

연후는 육손에게 다시 물었다.

"해독약을 만드는 것도 불가능한 거냐?"

"지금으로서는…… 그렇습니다."

"흠…… 일이 제대로 꼬여 버렸군."

해독약이 없다면 병력의 동요는 더 커질 수밖에 없으리라.

현진이 말했다.

"똑같이 한 방 갚아 줘야지 않겠습니까?"

"저도 같은 생각입니다."

"당연히 그럴 생각이다. 물론 내가 직접 간다."

연후는 서문회를 떠올렸다.

지금쯤 득의양양해하고 있을 그를 생각하니 은근히 부아가 치밀었다.

'몇 배로 갚아 주마.'

* * *

휘이이…….

거센 바람을 이기지 못한 숲이 이리저리 흔들리며 귀곡성만큼이나 섬뜩한 소리를 자아냈다.

"수고했으니 한 잔 받거라."

"감사합니다, 군사."

서문회는 묘인의 수장에게 술 한 잔을 따라 주고는 자신도 한 잔을 비웠다.

탁!

"수하들의 희생은 심히 안타깝구나. 전쟁이 끝나면 후하게 포상할 것이니, 원하는 것이 있으면 말해 보거라."

"……."

"괜찮으니 어서 말해 보거라."

머뭇거리던 묘인의 수장이 입을 열었다.

"저희 고향을 되찾고 싶습니다."

"묘강 말이냐?"

"예. 고향에서 쫓겨나 타국 생활을 한 지 벌써 수십 년이 흘렀습니다. 죽어도 고향 땅에 묻히고 싶은 것이 저를 비롯한 부족원 모두의 간절한 바람입니다."

"알았다. 내 그리해 주마."

"감사합니다!"

"대신 더욱더 열심히 싸워 줘야 한다. 알겠느냐?"

"염려 마십시오. 사실 저희 부족은 남만왕에게 불만이 많았습니다. 그는 우리를 종처럼 부리며 많은 것을 빼앗기만 했습니다. 한데 군사께서는 저희에게 막중한 역할까지 맡겨 주시고…… 부족 모두는 이미 군사께 충성을 다할 것을 맹세했습니다."

"고맙구나. 내 너희의 충정을 결코 잊지 않을 것이다. 자, 한 잔 더 마시거라."

쪼르륵.

묘인의 충성이 흡족했던 서문회는 기분 좋게 술잔을 비워 나갔다.

'독의 위력을 알았으니 놈들도 섣불리 공격에 나설 수 없을 터. 일단 대치를 이어 가면서 전력을 보강해야 한다. 그 전에 그놈부터 처치를 해야 하는데…….'

남만왕의 제거.

비록 대법을 이용해 제압해 뒀다고는 하지만, 자신이 없을 때 대법이 풀리면 문제가 커질 수 있었다. 해서 서문회는 서둘러 남만왕을 제거하고 완벽하게 자신의 체제로 구축할 심산이었다.

물론 남만왕의 죽음으로 입지를 강화하려면 함부로 죽여선 안 될 일이었다.

팟.

서문회의 두 눈이 한순간 기광을 번뜩였다.

'그래, 그렇게 하면 되겠군.'

서문회의 입가에 회심의 미소가 번져 갈 때, 응숙이 들어섰다.

"안줏거리를 좀 가져왔습니다."

응숙의 손에 노릇노릇하게 구워진 닭 두 마리가 들려 있었다.

"너도 앉거라."

"감사합니다."

"응숙아."

"예, 군사."

"앞으로 묘인들을 대할 때 예와 정성을 다해야 한다. 현재 우리 군에서 가장 중요한 역할을 해 줄 사람들이니라. 내 말 무슨 뜻인지 알겠느냐?"

"예. 분부대로 하겠습니다."

서문회의 그 말에 묘인의 수장이 눈시울을 붉혔다. 사실 응숙도 다른 자들과 마찬가지로 그들을 종 대하듯 해 왔었다.

서문회는 묘인의 수장을 향해 말을 이었다.

"오늘부로 너를 독전의 전주로 임명할 것이다. 마땅히 다른 모든 전주들과 같은 대우를 받을 것이며, 내가 아닌 누구도 너희에게 간섭하지 못하게 할 것이다."

"……정말입니까?"

"내가 거짓을 말할 사람처럼 보였느냐?"

"아, 아닙니다! 감사합니다, 군사!"

묘인의 수장이 벌떡 일어나더니 바닥에 엎드려 절을 하기 시작했다.

그 모습을 바라보는 응숙은 떨떠름한 표정이었다. 하지만 서문회 앞에서 속내를 비칠 순 없었다.

"군영의 분위기는 어떠하느냐?"

"다행히 군사께서 직접 적진에 다녀오신 이후로는 분위기가 많이 바뀌었습니다."

"그래도 완전히 가라앉을 때까지 예의주시하면서 쓸데없는 말로 분란을 일으키는 놈들은 그 즉시 처단해야 한다. 알겠느냐?"

"예, 군사."

"자, 이제 딱딱한 얘기는 그만하고 기분 좋게 한잔하자꾸나."

"예!"

"예!"

                * * *

휘이잉!

거센 바람에 휩싸인 남만군의 군영.

연후는 군영 북쪽의 능선에서 적진을 바라보며 잠시 이동을 멈췄다. 그 옆에 철우가, 뒤에 서백과 육손이 있었다.

셋의 손에는 독이 든 호리병이 들려 있었고, 서백의 연통에는 독탄을 달아 놓은 화살이 수십 발이나 담겨 있었다.

"철우, 서백."

"예."

"예, 주군."

"너희는 코끼리들을 맡아라. 그리고 화살이 남으면 북풍이 불고 있으니 군영 앞쪽을 집중적으로 노리도록."

"알겠습니다."

사사삭.

철우와 서백이 먼저 어둠 속으로 사라졌다.

잠시 침묵의 시간이 흐른 뒤에 육손이 물었다.

"저는 뭘 할까요?"

"너와 나는 잠시 대기하다가 철우와 서백이 공격을 시작하면 적들이 몰려나올 터 그때 놈들을 노린다."

"알겠습니다."

"돌아서 봐."

"예?"

"환술까지 더하면 독의 위력이 강해질 테니 공력을 보태 주마."

"괜찮습니다."

"돌아서."

"……."

연후는 육손의 명문혈에 손바닥을 가져다 대고 진기를 주입했다.

육손의 얼굴이 금세 발갛게 달아올랐다. 진기가 들어오면서 몸속이 뜨겁게 달아오른 까닭이었다.

하지만 곧 온몸이 깃털처럼 가벼워지면서 안색이 정상으로 돌아왔다.

'하! 끝내준다!'

연후는 눈이 동그래진 육손의 어깨에 손을 얹었다.

"네가 내 편이어서 얼마나 다행인지 모르겠다."

씨익.

"열심히 하겠습니다!"

* * *

 철우와 서백은 군영의 외곽을 통해 코끼리들이 모여 있는 곳으로 향했다.
 바람이 숲을 사납게 흔들어 대고 있었던 까닭에 경계 병력이 그들을 발견한다는 것은 거의 불가능했다.
 잠시 후 목적지에 다다른 서백이 연통에서 화살을 꺼내며 코끼리들을 향해 중얼거렸다.
 "미안하다, 이 녀석들아."
 딱!
 "쓸데없는 감상은 집어치워."
 "……예."
 화살 두 발을 시위에 올린 서백.
 "그럼 시작합니다."
 타앙! 쐐애액!
 두 발의 화살이 어둠을 뚫고 날아가 코끼리들이 모여 있는 곳에서 폭발했다.
 퍼펑!
 폭음에 놀란 코끼리들이 날뛰기 시작했다. 그중 몇 마리는 울타리를 넘어 막사가 밀집한 곳으로 뛰쳐나갔다.
 뿌아아!
 콰지직!

"으악!"

"크아악!"

두 발의 독탄이 터졌건만 코끼리들은 쉽게 쓰러지지 않았다. 오히려 그것이 더 큰 효과를 불러왔다.

날뛰는 코끼리들이 막사를 마구 짓밟기 시작하면서 적의 군영은 순식간에 큰 혼란에 휩싸였다.

자다가 밟혀 죽은 자들이 속출했으며, 독연이 바람을 타고 흘러들면서 놀라서 뛰쳐나온 적들이 피를 토하며 쓰러졌다.

쐐애액!

서백은 적의 군영을 향해 마구잡이로 쏘아 댔다. 그중에는 벽력탄이 달려 있는 화살도 있어서 곳곳에서 불기둥이 치솟았다.

콰콰콰쾅!

"적이다! 적의 기습이다!"

"으아악!"

"크악!"

"잠시 기다려라."

"어디 가시게요?"

철우가 대답 없이 적의 군영으로 몸을 날렸다.

서백은 당황한 얼굴로 철우의 뒷모습을 바라볼 뿐, 자리를 벗어나지는 않았다. 괜히 따라갔다가 길이 어긋날 수도 있는 까닭이었다.

철우는 혼란에 휩싸인 적들을 무시한 채 군영 깊숙한 곳으로 향했다. 상황이 워낙에 혼란스러웠던 까닭에 바로 옆을 지나가는 그를 신경 쓰는 적은 없었다.

이윽고 상대적으로 크고 화려한 막사를 발견한 철우는 멈춰 서서 검을 뽑았다.

챙!

그러고는 검으로 막사를 길게 베어 내고는 그 틈으로 호리병을 던졌다.

펑!

'제발 중요한 놈이기를······.'

독이 든 호리병이 터지자, 그제야 철우의 존재를 알아차린 적들이 그를 향해 달려들었다.

"적이다! 막아라!"

철우가 다시 한번 일검을 휘두르자, 달려들던 적들이 피를 쏟으며 고꾸라졌.

뒤이어 철우는 쓰러지는 자들의 머리를 발판 삼아 크게 도약하여 서백이 있는 곳으로 몸을 날렸다.

"쫓아라!"

"놓치지 마라!"

그때였다.

쐐애액!

파공성과 함께 화살 두 발이 날아들었다. 철우가 살짝 머리를 숙이자 화살은 그를 쫓아오던 자들의 코앞에서 폭발했다.

콰쾅!

"으악!"

"크악!"

　　　　　　　　＊　＊　＊

"시작됐습니다."

육손이 눈빛을 발했다.

연후는 불꽃이 치솟는 곳을 응시하며 월아를 끌어냈다.

철컥철컥!

"바로 갑니까?"

"조금 더 기다린다."

연후는 소란이 일어난 곳에서 조금 떨어진 곳을 주시했다. 그곳에서 막 적들이 쏟아져 나오고 있었다.

'조금 더 모여라.'

연후는 적들이 더 몰려나오기를 기다렸다.

그러기를 얼마나 지났을까?

"가자."

"예."

연후는 앞서 달려 나갔다.

육손이 그 뒤를 따르며 환술을 펼칠 준비를 했다. 그런 그의 두 손에 독이 담긴 호리병 두 개가 쥐여져 있었다.

"누구냐!"

전방에서 외침이 터졌다.

하지만 연후의 지풍에 적 두 명이 맥없이 꼬꾸라졌다.

연후는 수중의 호리병을 적들이 몰려 있는 곳을 향해 힘껏 던졌다.

뒤를 이어 육손도 두 개의 호리병을 각각 다른 방향으로 던졌다. 공력을 담아 던진 호리병은 까마득한 거리를 날아 정확하게 적이 밀집한 곳에 떨어졌다.

퍼퍼퍽!

그런데 이상했다. 피를 토하며 쓰러져야 할 적들이 뭔가 깨지는 소리에 놀랐을 뿐, 별다른 반응을 보이지 않았다.

'천천히 퍼질 거야. 대신 한 모금만 마셔도 절대 살아남지 못해.'

그때였다.

쐐애액!

파공성과 함께 섬뜩한 기운이 사방에서 날아들었다.

거의 동시에 연후의 몸에서 백색의 빛줄기들이 사방으로 뻗쳐 나갔다.

퍼퍼퍽!

"크아악!"

"끄악!"

육손은 환술을 펼쳤다.

그러자 한 마리 붉은 용이 나타나 적들을 덮쳤다.

육손의 환술은 평범한 허상이 아니었다. 환술이 만들어낸 용은 그 어떤 명검보다 치명적인 위력을 지니고 있었다.

그리고 그 위력은 연후로부터 진기를 받은 후 더욱 배가되었다.

"끄아악!"

"크악!"

환술에 휩쓸린 적들이 처절한 단말마와 함께 무더기로 쓰러졌다.

'와아······.'

가공할 위력에 육손이 더 놀랐다. 평소 그의 공력으로는 어림도 없는 위력이 발휘된 까닭이었다.

"돌아간다."

"예!"

연후와 육손은 숲을 향해 몸을 날렸다.

수많은 적들이 그들을 쫓아 몸을 날렸다. 조금 전에 독을 뒤집어쓴 자들이었다.

육손은 달리면서 속으로 숫자를 세기 시작했다.

'하나, 둘, 셋······.'

그러기를 여섯에 이르렀을 때, 뒤를 쫓던 적들이 꼬꾸라지기 시작했다.

"컥!"

"켁!"

'됐어! 성공이야!'

육손이 쾌재를 부를 때, 연후는 뒤를 돌아보며 흐릿하게 웃었다.

'제법이군.'

육손에게 또 하나의 무기가 생겼다.

놀라운 것은 남만의 독을 보고 연구한 지 불과 이틀 만에 만들어 낸 결과물이라는 점이었다.

이쯤 되면 천재가 아니라 귀재라 해야 옳으리.

잠시 후 연후와 육손은 숲으로 뛰어들었고, 거기까지 쫓아온 적은 단 한 명도 없었다.

그리고 얼마나 흘렀을까?

철우와 서백이 돌아왔다.

연후는 먼저 둘의 상태가 멀쩡한 것을 확인하고는 적진을 바라봤다.

'속 좀 쓰릴 거다, 서문회.'

* * *

모처럼 마음 놓고 술판을 벌였던 서문회.

난데없는 소란에 밖으로 나선 그는 혼란에 휩싸인 광경을 목도하고는 두 눈을 부릅떴다.

마침 웅숙이 달려왔다.

"군사! 적의 기습입니다!"

"병력은 얼마나 되느냐!"

"그게…… 제가 갔을 땐 이미 사라지고 없었습니다. 다만 무사들의 말에 의하면 몇 명에 불과했다고 합니다. 그리고 하나같이 엄청난 고수였고……."

웅숙이 설명을 이어 갔다.

설명을 듣는 서문회의 두 눈이 점차 보기 싫게 일그러졌다.

'하나같이 엄청난 고수에 독과 활을 썼다면…….'

떠오르는 건 당연히 서백과 육손이었다.

'당한 것을 갚아 주기 위해서…….'

"코끼리들이…… 모두 죽었습니다."

"……뭐라?"

"역시 독에 당한 것 같습니다. 한데 바로 죽지 않고 군영 속에서 마구 날뛰는 바람에 피해가 더 커진 것 같습니다."

바르르…….

서문회의 눈가에 경련이 일어났다.

한눈에 봐도 피해가 제법 컸는데, 코끼리까지 모조리 죽었다면 그야말로 되로 주고 말로 받은 격이었다.

'이연후, 이놈……'

모처럼 연후에게 제대로 한 방 먹였다며 좋아했던 때가 불과 조금 전인데 이런 꼴을 당하다니. 그래서 더 분노가 치밀었다.

그때였다.

'잠깐……'

뇌리를 스치며 떠오르는 한 줄기 생각에 서문회의 눈빛이 급변했다. 뒤이어 그는 응숙에게 명령을 내렸다.

"속히 가서 뒷수습을 하도록 하여라. 나도 곧 따라가마."

"알겠습니다."

응숙이 달려가는 것을 잠시 지켜본 서문회가 향한 곳은 남만왕의 막사였다.

남만왕의 막사는 군영의 한 중앙에 자리하고 있었는데, 주변을 지키는 호위들은 몇 명 없었다. 적이 물러갔다고 판단하여 수습에 나선 것이리라.

"불을 꺼라!"

"이쪽으로 번지지 못하게 물을 뿌려라!"

아니나 다를까. 호위들은 불길이 남만왕의 막사를 향해

번지는 것을 막기 위해 안간힘을 쓰고 있었다.

서문회는 막사 앞까지 다가가 손가락으로 막사를 그었다. 두터운 천이 소리 없이 갈라지며 안에 앉아 있는 남만왕과 그의 첩이 모습을 드러냈다.

마침 남만왕이 고개를 돌렸다.

그 순간 서문회의 손끝에서 혈광이 일어났다.

퍽! 퍽!

혈광은 남만왕과 첩의 심장을 그대로 꿰뚫었다. 둘은 비명조차 지르지 못하고 맥없이 쓰러졌다.

퍽퍽!

서문회는 남만왕의 미간과 목에 지풍 두 발을 더 날리고는 은밀히 현장을 벗어났다.

주변에 불길을 잡기 위해 수많은 무사들이 몰려 있었지만 그가 사라지는 것을 본 사람은 아무도 없었다.

서문회는 태연하게 응숙이 간 곳으로 향했다. 걸어가는 그의 입가에 언제 그랬냐는 듯 싸늘한 미소가 걸려 있었다.

* * *

다음 날 아침, 응숙이 허겁지겁 서문회의 막사를 찾았다.
"군사!"

"무슨 일이냐?"

"저, 전하께서…… 전하께서 붕어하셨습니다!"

'붕어? 그따위 놈에겐 전혀 어울리지 않는 말이군.'

내심 비웃은 서문회는 막사의 문을 열고 밖으로 나섰다. 밖으로 나서는 순간 그는 경악을 금치 못하겠다는 듯 두 눈마저 부릅떴다.

"전하께서 붕어하시다니! 하면 적에게 당하셨다는 말이냐!"

"예. 옥체에 지풍에 당하신 흔적 세 곳이 있었다고 합니다."

"대체 호위들은 뭘 하고 있었던 게야!"

서문회의 노호성이 주변을 쩌렁쩌렁 울렸다.

그는 붉게 달아오른 얼굴을 하고서 남만왕의 막사로 향했다. 이미 곳곳에서 곡소리가 흘러나오고 있었다.

잠시 후 남만왕의 막사로 들어선 서문회는 무너지듯 무릎을 꿇고 통곡하기 시작했다.

하지만 눈은 웃고 있었고, 머릿속은 온전히 남만의 지배자가 된 것을 기뻐하며 이후에 그려 나갈 그림을 떠올리고 있었다.

'이들의 분노가 온전히 네놈을 향하게 될 것이다, 이연후.'

* * *

요녕성 북로사령부.

신휘는 소무백과 찻잔을 기울이며 담소를 나눴다. 눈처럼 흰 백의에 짐승의 털로 만든 겉옷을 걸친 소무백은 한결 밝아진 모습이었다.

"옷이 마음에 드십니까?"

"예. 가볍고 따뜻한 것이 아주 마음에 듭니다."

털옷은 신휘가 선물한 것이었다. 덕분에 다소 유약해 보이던 소무백의 분위기가 제법 강인한 풍모를 풍겼다.

"제가 와서 불편하지 않습니까?"

"이제 그런 말씀은 하지 않기로 하셨잖습니까."

"그래야 하는데 자꾸 마음이 쓰입니다."

"저는 정말 괜찮습니다. 하니 그만 떨쳐 버리십시오."

그때였다.

"접니다, 형님."

신우의 목소리였다.

"들어오너라."

신우가 안으로 들어섰다.

그런 그의 손에 한 장의 전서가 쥐여 있었다.

"주군께서 보내신 전서입니다."

"그래?"

신휘는 신우가 건넨 전서를 펼쳤다.
잠시 후 전서를 읽은 신휘가 소무백을 보며 말했다.
"사천성으로 내려가야 할 것 같습니다."
"사천성으로라면……."
"저를 부른 것을 보니 그곳 상황이 여의치가 않은 것 같습니다."
"하면 전군이 다 내려갑니까?"
"아닙니다. 혈왕군만 내려갑니다."
"저도 가겠습니다."
"상존께서는 여기 남으시는 것이……."
"아닙니다. 저도 내려가서 대지존께 조금이나마 도움이 되어 드리고 싶습니다."
신휘는 소무백의 두 눈에 어려 있는 결기를 보며 말려선 될 게 아니라고 판단했다.
"알겠습니다. 하면 떠날 준비를 하시지요."
"고맙습니다, 대공."
"우야."
"예, 형님."
"상존을 도와드려라."
"알겠습니다."
신휘는 밖으로 나섰다.
마침 거처에서 나서던 악소와 백무영이 그를 보고는 다

가왔다.

　악소가 물었다.

　"주군께서 전서를 보내셨다고 들었습니다만."

　"사천성으로 내려오라는군."

　"상황이 좋지 않은 겁니까?"

　"그런 모양이야. 자네들도 가야 하니 떠날 차비부터 하도록 해."

　"알겠습니다."

　신휘는 다시 거처로 들어가는 악소와 백무영의 뒷모습을 응시하며 슬며시 미간을 좁혔다.

　'북벌은 어쩔 수 없이 뒤로 미뤄야겠군.'

5장
혈왕군의 합류

혈왕군의 합류

전운(戰雲)이 짙게 드리웠던 사천성.

한 번의 전투에서 쓰디쓴 패배를 맛본 남만군은 사천성 남쪽의 험난한 지형을 방패 삼아 군영을 새로 세웠다.

연후의 기습을 역이용해 남만왕을 제거한 서문회는 남만을 오롯이 자신의 뜻대로 움직일 수 있게 되었고, 곧장 남만으로 사람을 보내 지원 병력을 요청했다.

다만 지원 병력이 도착하려면 적지 않은 시간이 소요될 테니, 그때까지는 전면을 피한 채 소강상태를 이어 나가야 했다.

다행히 중원무림도 별다른 움직임은 보이지 않았다.

다만 이것은 단순히 강력한 독 때문만은 아니었다.

북벌을 미루는 한이 있더라도 서문회와 남만이라는 화

근을 확실히 없앤다는 것이 연후의 목표였다.

 소강상태로 접어들면서 사천은 일시적이나마 평온을 되찾았지만, 언제 다시 본격적으로 전투가 시작될지 알 수 없어 한시라도 긴장의 끈을 놓을 수는 없었다.

 쏴아아!

 비가 무척이나 많이 내리는 날이었다.

 연후는 동방리와 사천당가의 정자에 앉아 모처럼의 망중한을 즐겼다.

 연후의 얼굴을 물끄러미 응시하던 동방리가 살포시 웃었다.

 "너무 자랑스러워요."

 "뭐가 말이오?"

 "당신이요. 천하의 안녕을 위해 애쓰시는 모습을 보고 있자면 가슴이 떨릴 정도로 멋지고 자랑스러워요."

 연후는 그냥 멋쩍게 웃었다.

 그때였다. 서령이 정자를 향해 다가왔다.

 "대원수께서 오고 계세요. 반 시진 후면 도착하실 것 같다 하네요."

* * *

 철그럭, 철그럭.

신휘를 태운 전마가 천천히 걸어가며 풀을 뜯었다. 딱히 서두를 것이 없었던 신휘는 전마를 그냥 내버려두었다.

신휘는 신우를 돌아보며 물었다.

"얼마나 남았지?"

"반 시진 정도만 더 내려가면 될 것 같습니다."

신휘는 소무백을 돌아봤다.

"잠시 쉬시겠습니까?"

"다 왔는데 그냥 가시지요."

"알겠습니다."

신휘는 뒤를 따라오는 혈왕군을 응시했다.

하루에 한 번 휴식을 취하는 강행군을 해 왔음에도 누구 하나 지쳐 보이는 기색은 없었다. 신휘는 그것이 아주 흡족했다.

"지옥훈련을 한 보람이 있군."

"예. 다들 정신력과 체력이 과거보다 훨씬 좋아졌습니다."

신우의 그 말에 소무백은 옅은 미소를 머금었다.

'과거에도 천하의 모두가 두려움에 떨었는데 그때보다 더 강해졌다니……'

요녕성에서부터 함께해 온 혈왕군은 소문 그 이상이었다. 한 명, 한 명이 두려움을 모르는 불굴의 전사였고, 동료를 아끼는 뜨거운 피의 소유자들이었다.

혈왕군의 합류 〈195〉

그러한 혈왕군을 보며 이런 생각을 해 보곤 했었다.

'만약 백야벌이 북천과 척을 졌으면 과연 어떤 결과를 낳았을까?'

분명 그러했던 적이 있었다.

북부무림의 선주 이염과 선친의 시대에서 두 세력의 관계는 매우 냉엄했다. 북부무림은 철저히 소외당했으며, 백야벌은 그런 북부무림을 방관했었다.

사실 그때 모두는 북부무림이 얼마 버티지 못하고 무너질 것이라 확신하고 있었다.

그러했던 북부무림이 연후의 등장 이후로 완전히 탈바꿈했다. 북부무림이 아닌 하나의 왕조나 다름없는 북천이라는 전대미문의 신화를 창조하면서.

'후회는 없다.'

연후에게 대지존의 자리를 선위하고 뒤로 물러난 것에 대한 후회는 손톱만큼도 없었다.

가끔 자신이 천하의 주인이 되어야 한다고 했던 철군악이 떠오를 때면 괴로움에 며칠 동안 밤잠을 설친 적도 있지만, 지금은 그것마저 가슴 한쪽에 묻어 놓을 만큼 모든 것을 인정하며 운명이라 여겼다.

그때였다. 신휘의 목소리가 상념을 깨트렸다.

"상존."

"……예?"

"뭘 그리 깊게 생각하십니까?"
"아, 그냥 이것저것 생각 좀 하느라……."
소무백은 말끝을 흐렸다.
그때 전방에서 한 무리의 인마가 질풍처럼 달려오는 것이 보였다. 그 선두에는 서백과 육손이 있었다.
둘은 두 손을 마구 흔들며 활짝 웃고 있었다.
'곧 뵙게 되겠구나.'
소무백은 연후를 떠올리며 나지막이 숨을 골랐다.

* * *

사천당가의 정문.
그리고 정문으로 이어지는 길가에 무사들이 모여 있었다.
무사들은 한껏 상기된 표정으로 굽이진 전방을 바라봤다. 혈왕 신휘와 혈왕군이 온다는 소식이 전해지면서 연합군의 사기는 이미 하늘을 찌르고 있었다.
중원무림의 모든 무사들에게 연후가 하늘이라면, 신휘는 바다 같은 존재였다.
연후는 대전각의 창을 통해 굽이진 길 너머를 바라봤다. 그 옆에 우문적과 황태가 있었다.
"크흠! 대원수의 인기는 역시 대단한 것 같소!"

"부러우면 지는 겁니다, 형님."
"아우는 부럽지 않나?"
"저는 제 분수를 너무나도 잘 알고 있습니다."
"그럼 나는 분수를 모른다는 말이냐?"
"뭐, 조금 그렇죠?"
"이런……."
우문적과 황태가 실랑이를 벌일 때, 굽이진 길 너머로 인마가 보이기 시작했다.
사람과 말이 까만 점처럼 보일 정도로 먼 거리였지만 연후는 신휘라는 것을 알 수 있었다.
'지옥행군으로 내려온 모양이군.'
연후는 흐릿하게 웃으며 두 사람을 돌아봤다.
"그만 나가 봅시다."
"예."

* * *

신휘는 길가를 가득 채운 군웅들을 응시하며 슬며시 미간을 좁혔다.
"이런 건 질색인데……."
"다 형님 때문에 저러는 거 아니겠습니까? 하니 그냥 즐기십시오."

"즐기긴 뭘 즐겨."

신휘는 소무백을 돌아보며 말했다.

"선두로 나서시지요."

"아닙니다. 저는 대공의 뒤가 좋습니다."

"무슨 말씀을. 여전히 백야벌의 상존이시니 만인에게 위엄을 보이셔야 합니다. 하니 어서 앞으로 나서십시오."

소무백은 신휘의 강렬한 눈빛에 나지막이 숨을 고르고는 앞으로 나섰다.

신휘가 그 뒤에, 백무영과 악소, 신우가 신휘의 뒤를 따랐다.

와아아!

함성이 터지기 시작했다.

소무백은 결코 마음이 편치 않았다.

'내가 이런 환호를 받을 자격이 있을까?'

"당당하게 나가셔야 합니다."

소무백은 나지막이 숨을 토했다. 그러고는 지그시 입술을 깨물며 마음을 다잡았다.

'그래. 대지존과 대공을 위해서라도 결코 약한 모습은 보이지 않으리라!'

신휘의 외침이 이어졌다.

"혈왕군! 속보로 이동한다!"

"속보로 이동한다!"

두두두!

* * *

연후의 표정이 살짝 변한 것은 소무백을 발견했을 때였다.
'함께 오시다니……'
연후는 소무백이 요녕성에 남을 것이라 생각했었다. 또한 신휘가 사전에 아무런 언급조차 없었기에 당연히 그러할 것이라 여겼다.
'잘 오셨습니다. 여기서 모든 것을 털어 내도록 하십시오. 제가 돕겠습니다.'
신휘는 좌우를 향해 나지막이 외쳤다.
"상존께서 오시니 모두 예를 다해 맞을 준비를 하시오."
"예!"
소무백이 온다는 말에 각 가문의 수장들은 크게 놀란 기색을 비쳤다.
와아아!
환호성이 점점 더 커지자 연후는 정문을 넘어섰다. 한송을 비롯한 각 가문의 수장들이 뒤를 따랐다.
연후는 흙먼지를 일으키며 달려오는 소무백과 신휘, 그리고 백무영 등을 응시하며 흐릿하게 웃었다.

또 이렇게 모두가 한자리에 모이게 된 것은 실로 오랜만이었다.

잠시 후 소무백이 전마의 고삐를 당겼다. 그리고 내려서려고 할 때, 연후의 목소리가 그를 멈칫하게 만들었다.

"내리지 않으셔도 됩니다."

"……!"

"예만 받고 그냥 가시면 됩니다."

연후는 소무백을 향해 포권을 취하며 머리를 숙였다. 소무백도 머리를 숙였다. 뒤를 이어 신휘를 비롯한 모두가 연후를 향해 머리를 숙였다.

"충!"

혈왕군의 군례가 산천초목을 흔들었다.

그때 소무백이 기어코 전마에서 내렸다.

"함께 걸어가고 싶습니다."

"그럼 그렇게 하시지요."

신휘도 전마에서 내려 두 사람의 곁으로 다가왔다.

연후와 신휘는 서로를 향해 웃었다. 인사는 그것이면 충분했다.

* * *

한편 혈왕군이 사천당가로 향하는 것을 지켜보는 자들

이 있었다.

그들은 연후와 나란히 걸어가는 신휘, 그리고 그 뒤를 당당하게 따르는 혈왕군을 번갈아 응시하며 눈빛을 떨었다.

"혈왕군이잖아?"

"그래, 틀림없는 혈왕군이다."

"빌어먹을! 하필이면 와도 혈왕군이 올 게 뭐람. 저 인간들, 북벌을 준비한다고 요녕에 있다고 하지 않았냐?"

"나도 그렇게 들었는데……."

남만군의 무사들이었다.

그들은 이미 오래전부터 사천당가와 가까운 도시에 머물며 염탐을 해 오던 중이었다.

"이러면 군영을 더 남쪽으로 옮겨야 되는 거 아니냐? 혈왕군까지 가세하면 강해도 너무 강한데……."

"일단 본진에 전서부터 보내야겠다."

한 남만군이 전서구 한 마리를 꺼내어 다리에 연통을 묶어 날려 보냈다.

"더 있어야 하냐? 솔직히 다리가 후들거려서 더 있고 싶은 마음이 없는데……."

"정신 차려. 군사께서 끝까지 당가 주변을 살피라 명하셨는데 가긴 어딜 간단 말이냐."

"……."

그때였다.

끼아악!

하늘에 독수리 한 마리가 포효하며 나타났다. 남만군들의 시선이 반사적으로 하늘을 향해 올라갔고, 뒤이어 전서구가 사냥당하는 것을 보고는 허탈함을 드러냈다.

"이런 빌어먹을……."

"전서구가 한 마리 더 있지?"

"그렇긴 한데 저 망할 독수리 때문에 날려 보낼 수가 있어야지."

"사라질 때까지 기다렸다가 보내도록 하자."

남만군들은 독수리가 사라지기를 기다렸다. 그렇게 한참이 지나고서야 독수리가 시야에서 사라지자 다시 전서구를 날려 보냈다.

푸드득!

모두는 힘찬 날갯짓을 하며 날아오르는 전서구를 지켜보며 제발 독수리가 나타나지 않기를 바랐다.

하지만 바람은 곧 무참히 깨지고 말았다. 다른 방향에서 나타난 독수리가 전서구를 단숨에 낚아채 버린 것이다.

"아……."

남만군들은 허공에 흩날리는 전서구의 깃털을 응시하며 한숨을 내쉬었다.

"더 이상 전서구도 없으니 누가 직접 군영으로 가서 혈왕군이 왔음을 알려야지 않겠냐?"

"어이, 네가 가야겠다."

"나 혼자서 가라고?"

"우리는 남아서 계속 정보를 수집해야지. 그리고 네가 경공술이 제일 뛰어나니까 군소리 말고 움직여라."

"젠장."

한 남만군이 투덜대며 일어섰다.

"어디에 적이 있을지 모르니 조심해라."

"알았다. 그럼 군영에서 보자고."

동료가 떠나는 것을 지켜본 남만군들은 일각 정도의 시간이 흐른 뒤에 자리를 뜨기 위해 일어섰다.

하지만 그들은 몇 걸음 가지도 못하고 소스라치게 놀라며 뒤로 물러서야 했다. 한 사내가 그들을 쳐다보며 유령처럼 서 있었던 것이다.

뇌검이었다.

"꿇어."

"……!"

"아니면 죽는다?"

"이런 쌍!"

채채챙!

일제히 검을 뽑아 드는 남만군들.

거의 동시에 뇌검이 꺼지듯 사라졌다. 뒤이어 좌우측의 남만군들이 비명조차 지르지 못하고 꼬꾸라졌다.

털썩!

"헉!"

홀로 남은 남만군이 사색이 되어 뒤로 물러섰다. 어느새 뇌검이 코앞까지 와 있었다.

"꿇으라니까?"

철그럭!

"사, 살려 주십시오!"

남만군이 검을 버리고 황급히 무릎을 꿇었다.

"너희가 전부야?"

"그, 그렇습니다."

"거짓말이면 팔 하나 잘라서 끌고 간다?"

"저, 정말입니다!"

그때 대원 하나가 나타났다.

"한 놈을 생포했습니다."

그 말에 남만군의 얼굴이 창백하게 변했다.

뇌검의 입가에 잔혹한 미소가 떠오른 것도 그때였다.

"네가 운이 없네. 어차피 한 명이면 충분하니까."

"……!"

서걱!

잘린 머리가 수풀 속으로 떨어졌다.

놀랍게도 잘린 부위가 하얗게 얼어붙어 피 한 방울 흐르지 않았다.
 철컥!
 검을 거둔 뇌검은 성큼 앞으로 나섰다.
 "끌고 와."

* * *

 서문회는 느긋했다.
 비록 사천성 점령은 실패로 돌아갔지만 남만왕을 제거하며 실질적인 지배자가 되었고, 강력한 독의 위력을 두려워한 중원연합군이 자신의 뜻대로 소강상태를 이어 가면서 한동안은 걱정할 거리가 사라진 것이나 다름없었다.
 물론 모든 코끼리를 잃어버리는 바람에 독만큼이나 강력한 무기였던 석차까지 무용지물이 되어 버렸지만, 봄이 올 때까지 충분히 복구가 가능할 것이라 여겼다.
 쪼르륵.
 응숙이 서문회의 찻잔에 뜨거운 물을 따르며 조심스럽게 말했다.
 "정찰을 보낸 무사들에게서 아직 아무런 연락이 없습니다. 혹시 발각이 되어 죽거나 했다면 다시 무사들을 보내어 정보를 수집해야지 않겠습니까?"

"흠…… 며칠이나 지났지?"

"오늘로 딱 보름째입니다."

"보름 동안 아무런 소식을 보내지 않았다라……. 하면 네 말처럼 잘못되었을 가능성이 높다고 봐야겠군."

"더 강한 무사들을 뽑아서 보내는 것이……."

"그 문제는 네가 알아서 하거라."

"알겠습니다."

"남만으로 보낸 아이들은 언제쯤 도착할 것 같으냐."

"특별한 일만 없다면 지금쯤 거의 본국에 다다랐을 겁니다. 도착하는 즉시 기별을 하라고 해 두었으니 조금만 더 기다려 보시지요."

서문회는 느긋하게 찻잔을 기울였다.

응숙의 말에 의하면 남만의 본국에 십만 정도의 병력이 더 있다고 했다. 또한 수백 마리의 코끼리도 보충이 가능하다고 했다.

'그놈들만 합류한다면 이전보다 더 강력한 전력을 구축할 수 있을 터.'

서문회의 입가에 미소가 번져 갔다.

"한데 왜 처음부터 전력을 가용하지 않는 것이냐?"

"그게…… 원래 저희 목적은 운남성이었습니다. 백야벌의 권위가 거의 미치지 않는 그곳만 점령해서 상황을 종료할 생각이었는데……."

서문회가 오는 바람에 목표가 더 커졌다는 말을 차마 할 수 없었던 응숙이 말끝을 흐렸다.

그는 서문회가 말없이 찻잔을 기울이자 다시 조심스럽게 물었다.

"군사께서는 어디까지 원하십니까?"

"중원."

"중원…… 전체를 말입니까?"

"왜? 못할 것 같으냐?"

"아, 아닙니다!"

당황해하는 응숙을 보며 서문회가 웃었다.

"농담이니라."

"……."

"십만 병력이 합류를 한다고 해도 어찌 중원 전체를 감당할 수 있겠느냐. 내 목표는 사천성을 점령하는 것이니 걱정하지 말거라."

"아, 예."

거짓말이었다. 사실대로 말을 하면 겁을 집어먹을 게 틀림없었다. 또한 소문이 퍼지면 동요가 일어남은 당연지사일 터.

'너희 남만은 그저 내 복수의 도구일 뿐.'

그때였다.

실룩.

서문회의 얼굴이 붉게 달아올랐다. 폭주의 후유증, 흡혈의 시간이 된 것이다.

"잠시 산책을 다녀올 테니 그만 돌아가거라."

"제가 모시겠습니다."

"아니다. 생각할 것이 있으니 따라나서지 말거라."

"알겠습니다. 하면 다녀오십시오."

서문회는 황급히 막사를 나와 숲으로 향했다. 오가던 무사들이 머리를 조아렸지만 그는 인사조차 받지 않았다.

잠시 후 서문회가 향한 곳은 군영에서 한참이나 떨어진 곳에 위치한 동굴이었다. 그곳에 열 명가량의 남만군이 허수아비처럼 아무렇게나 널브러져 있었다.

흡혈을 위해 미리 빼돌려 놓은 자들로, 단전이 부서지고 혈도까지 제압을 당한 상태여서 눈과 입만 살아 있었다.

서문회가 들어서자 그들의 눈에 극도의 공포가 떠올랐다. 이미 몇 번에 걸쳐 동료들이 흡혈의 대상이 되는 것을 본 까닭이었다.

서문회는 들어서기가 무섭게 한 무사의 목에 구멍을 내고는 흡혈을 시작했다.

쪽쪽.

어지간한 사람이면 광인이 되고도 남을 끔찍한 광경은

일각에 걸쳐 이어졌다.

흡혈을 마침 서문회는 하얗게 변해 버린 시신을 끌고 동굴을 나섰다. 그리고 한참을 걸어가자 천 길 낭떠러지가 나왔다. 시신을 버리는 곳이었다.

혈광이 일렁이는 서문회의 두 눈에 한순간 고뇌의 빛이 떠올랐다.

'언제까지 이렇게 살 순 없는데…….'

사실 연후를 향한 복수만큼이나 중요한 것이 하루라도 빨리 폭주의 후유증에서 벗어나는 것이었다.

"후욱!"

서문회는 크게 심호흡을 하고는 군영으로 향했다. 그러다가 한순간 안광을 번뜩이며 전방의 숲을 향해 벼락처럼 일검을 내질렀다.

퍽!

손끝을 타고 전해지는 둔탁한 느낌. 뒤이어 터지는 단말마.

"으악!"

서문회는 곧장 수풀 속으로 뛰어들었다. 그런 그의 앞에 나타난 것은 몇 명의 남만군이었다.

"구, 군사!"

"……!"

서문회는 두 동강이 난 채 죽어 있는 자를 내려다보고

는 싸늘히 물었다.
"너희들이 여긴 왜 왔느냐!"
"사, 산돼지를 잡으러 왔습니다! 구, 군영에 고기가 떨어져서 각 부대에 사냥을 해 오라는 지시가 떨어졌습니다!"
서문회의 시선이 한 남만군의 어깨에 걸려 있는 산돼지에게로 향했다.
피가 뚝뚝 떨어지는 것이 사냥을 한 지 얼마 지나지 않은 모양이었다.
'아무래도 여긴 위험하겠어.'
서문회는 표정을 고치며 목소리를 풀었다.
"적의 정찰병으로 착각했구나. 시신을 군영으로 가져가 묻어 주도록 하거라."
"아, 알겠습니다."
남만군들이 동료의 시신을 들고 돌아섰다.
바로 그 순간, 서문회의 두 눈이 살기를 번뜩였다. 뒤이어 그의 몸에서 다섯 줄기 혈광이 일어났다.
혈광은 그대로 남만군들의 뒤통수를 꿰뚫었다.
퍼퍼퍽!
"크악!"
"으아악!"
쓰러진 자들의 목에 지풍을 한 발씩 더 날린 서문회는

곧장 동굴로 향했다. 그러고는 그 안에 있던 모두를 죽이고 동굴을 나섰다.

'어떻게든 흡혈을 중단할 방법을 찾아야 한다. 어떻게든……'

* * *

혈왕군은 연합군의 군영에서 조금 떨어진 좌측의 능선에 군영을 세웠다.

남쪽으로 병력을 움직일 때 가장 먼저 병력이 빠져나갈 수 있는 동선이 확보된 곳이어서 신휘도 크게 만족했다.

혈왕군은 단연코 화제의 중심이었다.

그들과 함께 전쟁을 겪은 경험이 있는 사람들을 제외한 대부분이 혈왕군의 일거수일투족에 초미의 관심을 보였다.

하지만 그들보다 더 주목받는 이들은 악소와 백무영이었다.

야차왕과 암흑마신.

이 두 거물의 합류는 신휘만큼이나 사기를 끌어올렸고, 더 나아가 북천에 대한 경외감으로 이어졌다. 모두가 연후의 휘하, 북천의 소속이기 때문이었다.

그러나 기세가 한껏 오른 분위기 속에서도 중원연합군

은 쉽사리 남만군을 공격하지 못한 채 소강상태를 이어 나갈 수밖에 없었다.

대처를 마련하지 못한 채 무작정 공격을 감행했다가는, 독에 의해 얼마나 많은 피해가 발생할지 짐작조차 할 수 없는 탓이었다.

다만 그러한 대치 상황 속에서도 보이지 않는 곳에서의 싸움은 치열하게 계속 이어졌다.

바로 정보전이었다.

오늘도 양측은 서로의 약점을 찾아내기 위한 정보전을 이어 가고 있었다.

하지만 시시각각 상황은 중원연합군에게 유리하게 흘러갔는데, 바로 육손의 독수리들 덕분이었다.

독수리 한 마리가 뜨면 주변 일대의 모든 새는 숨을 죽여야 했고, 그건 조련된 남만군의 전서구들이라 해도 예외는 아니었다.

하물며 육손이 이번 사천행에 데려온 독수리는 무려 다섯 마리였기에, 남만군의 전서구들이 독수리들을 피해 빠져나가는 것은 사실상 불가능했다.

그러한 사실을 모르는 남만군은 정찰에 나선 병력들로부터 소식이 없자 더 많은 병력을 파견하기에 이르렀는데……

휘이잉!

촘촘한 숲 아래쪽은 바람이 거의 들지 않았다. 하지만 숲 위쪽은 눈을 제대로 뜨기 힘들 정도의 강풍이 하루 종일 불어 대고 있었다.

"엄청나네."

서백은 광활하게 펼쳐진 밀림을 응시하며 혀를 내둘렀다.

그는 남만군의 정찰 병력을 찾아내어 죽이는 임무에 투입이 된 상태였다. 그뿐만이 아니라 연합군의 상당수 병력이 밀림 곳곳에서 적의 정찰 병력을 찾아 움직이는 중이었다.

"넓긴 하네요."

육손이 올라섰다. 그가 서백에게 건량을 내밀었다.

"십만대산도 여기에 비하면 정말 아무것도 아니네요. 아예 끝이 보이지 않을 정도이니……."

육손도 광활한 밀림을 응시하며 절레절레 머리를 흔들었다.

서백이 건량을 씹으며 말했다.

"독수리를 많이 데려왔기에 망정이지, 아니면 꽤 성가실 뻔했어."

"그래도 꼼꼼히 살펴봐야 합니다. 다섯 마리가 이 광활한 지역을 전부 감당하진 못하니까요."

"그렇긴 하겠지. 그나저나 서문회가 나타나는 바람에 일이 꼬여도 제대로 꼬여 버린 것 같다. 아니면 지금쯤 북벌 준비에 한창이었을 텐데 말이다."

"어쩌겠어요. 서문회를 등 뒤에 두고 북벌에 나설 순 없잖아요. 주군께서도 그자는 신경이 쓰이시는 것 같던데……."

"하, 그 영감탱이, 하여간에 더럽게 끈질기다니까."

그때였다.

끼아악!

저 멀리서 독수리가 포효하며 나타났다.

"놈들이 나타난 모양이네."

서백이 일어섰다.

"저긴 검가 사람들이 있으니 그냥 맡겨 두죠?"

"놀면 뭐하냐. 어서 따라와!"

팡!

둘이 목표 지점 가까이 이르렀을 때였다. 숲 아래쪽에서 싸우는 소리에 이어 비명이 터졌다.

까가강!

"으악!"

"크억!"

서백은 활이 아닌 검을 뽑아 들고는 숲 아래로 떨어져 내렸다.

숲 아래에서는 검가의 무사 셋이 다수의 남만군을 맞아 치열하게 싸우고 있었다.

서백의 검이 허공을 갈랐다.

퍼퍽!

"컥!"

잘린 머리 두 개가 허공으로 솟구치고서야 남만군은 서백의 정체를 깨닫고는 뒤로 물러섰다.

"나머지는 제가 맡죠!"

휘리릭!

그들의 앞에 떨어져 내린 육손은 환술을 펼쳤고, 환술에 걸려든 남만군은 순식간에 쓰러졌다.

상황이 정리되자 서백이 검가의 무사들을 향해 물었다.

"여러분이 전부입니까?"

"아닙니다. 대원 모두가 함께 나섰는데…… 적의 독공에 당하고 저희들만 간신히 빠져나올 수 있었습니다."

"……."

서백이 미간을 찡그릴 때, 육손이 물었다.

"그곳이 어디죠?"

"저쪽으로 오백 장 정도 내려가면 작은 물줄기가 있습니다. 모두 그곳에서 당했습니다."

육손이 서백을 돌아보며 말했다.

"어서 가시죠. 독을 쓰는 자들은 무조건 제거를 해야 해요."

"알았다."

파팡!

서백과 육손은 검가의 무사가 가리킨 곳을 향해 몸을 날렸다.

검가의 무사들은 둘의 뒷모습을 응시하며 안도의 숨을 내쉬었다.

"여기서 꼼짝없이 죽는 줄 알았는데……."

"우리도 가서 도와 드려야지 않을까?"

"저분들이 누군지 알잖아. 오히려 우리가 가면 방해만 될 거다."

"……."

콱!

한 무사가 발로 땅을 구르며 분기를 드러냈다.

"개새끼들, 오늘의 이 빚은 반드시 열 배, 백 배로 갚아 주고야 만다. 으드득!"

* * *

"빌어먹을……."

한 혈포인의 입가를 타고 피가 흘러내렸다. 정찰에 나

섰던 혈가의 무사였다.

그는 피가 고여 가는 두 눈을 들어 자신을 향해 다가오는 자들을 응시했다.

기괴한 복장에, 얼굴에 횟가루로 기괴한 칠을 한 자들. 바로 묘인들이었다.

"크크크. 제법이네? 네 동료들은 죄다 죽었는데 아직까지 자빠지지 않고 버티다니 말이야."

"닥치고 덤벼, 개새끼들아!"

그게 혈포인의 마지막 말이었다. 그는 한차례 크게 휘청거리고는 곧장 쓰러지더니 그대로 숨이 끊어지고 말았다.

그런 그의 주변에 열 구가 넘는 시신이 나뒹굴고 있었다. 역시 혈가의 무사들이었다.

씨익.

"숲에서는 우리가 염라대왕이라는 것을 몰랐나 보지? 감히 겁도 없이 함부로 들어서다니 말이야. 크크크. 그나저나 오늘 전공이 꽤 쏠쏠하네? 벌써 서른 명을 넘게 잡았으니 군사께서 크게 상을 내려 주시겠지."

"술이나 좀 주면 좋겠는데. 쩝."

"나는 계집."

"나도 계집."

"그 전에 이놈들부터 뒤져 보자고. 중원 놈들은 부자라고 하니 뭐라도 나오겠지."

저마다 야릇한 상상을 하며 히죽이는 묘인들.

그런 묘인들의 머리 위에서부터 옅은 안개가 내려앉고 있었다.

[잠시만요!]

육손의 다급한 전음에 서백은 공격을 하려다가 참았다.

[사로잡을 생각이냐?]

[예.]

육손의 단호한 표정을 본 서백은 그가 무슨 생각을 하는지 짐작했다.

[저놈들을 사로잡아서 남만군의 독공에 대한 해답을 찾을 생각이냐?]

[예. 그러니 제가 신호를 보내면 가장자리에 포진한 자들만 해치워 주세요. 가운데 두 사람은 절대 죽이면 안 됩니다.]

[왜 저 두 놈이지?]

[직급이 높으면 아는 것도 많겠죠.]

서백은 미간을 찡그렸다.

다 똑같은 복장에 특이할 것도 없는데 육손은 어째서 가운데의 두 명이 직급이 더 높다고 생각하는 걸까?

궁금한 건 참지 못하는 서백이 그것을 물어보려고 할

혈왕군의 합류 〈219〉

때였다.

사사삭!

좌측 숲에서 기척이 흘러나왔다.

뒤이어 한 무리의 황포인들이 모습을 드러내었다. 남만군, 더 정확하게 말하자면 묘인이 몇 명 섞여 있는 남만군이었다.

[저놈들은 다 죽여도 되겠지?]

[예. 아까 이야기한 두 명만 살려 두시면 됩니다. 그럼 시작하겠습니다.]

육손은 즉각 독을 바람에 실어 그들을 향해 흘려보냈다. 무색무취(無色無臭)의 독이었기에 그들은 자신들이 무엇에 당한 것인지도 모른 채 쓰러지게 될 터였다.

"컥!"

"큭!"

좌측에서 합류한 남만군들은 움켜쥐며 신음하더니 이내 칠공(七孔)에서 피를 쏟으며 꼬꾸라졌다.

"엇!"

"독이다!"

그런데 이상했다.

처음 이곳에 있던 무리들과 방금 전 합류한 남만군들 몇몇은 독에 중독된 기색 없이 멀쩡한 모습으로 무기를 뽑아 들며 사방을 경계하기 시작했다.

[어떻게 된 거야?]

[저놈들은 독이 통하지 않은 것 같습니다. 이럴 리가 없는데……]

육손의 전음성에서는 당혹감이 묻어났다.

그때였다. 묘인들이 황급히 숲으로 뛰어들기 시작했다.

그 모습을 본 육손은 더더욱 당혹스러울 수밖에 없었다.

"일단 죽이고 보자! 서둘러!"

팟!

서백이 먼저 뛰쳐나갔고, 육손도 놀란 마음을 억누른 채 서백의 뒤를 쫓아 몸을 날렸다.

거리는 순식간에 줄어들었다.

서백은 달려가면서 활을 내리고 시위에 화살 두 발을 얹었다.

타앙! 쐐애액!

콰쾅!

"으악!"

"크아악!"

폭발에 동료 두 명이 피를 뿌리며 꼬꾸라지자, 묘인들은 황급이 좌우로 갈라져 달려 나갔다.

'빌어먹을……'

서백은 미간을 좁혔다.

묘인들이 뛰어든 숲의 밀도가 너무 촘촘해서 쫓기가 매우 힘들어 보였다. 또한 묘인들의 숲을 타고 빠져나가는 솜씨가 여간 대단한 것이 아니었다.

그건 경공술의 수준이 높아서가 아니라 이런 지형에서 살아온 자의 특권이나 다름없는 것이었다.

타앙!

화살 한 발이 시위를 떠났다.

하지만 화살은 수풀을 뚫고 들어갔지만 그 너머의 나무에 박혀들고 말았다.

쾅!

서백은 뒤를 돌아봤다. 육손이 코앞까지 다가와 있었다.

"여기까지."

"예?"

"더 깊숙이 들어가는 건 너무 위험해."

서백은 신중했다. 마음 같아서는 더 쫓고 싶었지만 육손을 보호해야 했다.

중원연합군을 넘어, 북천에 있어서도 육손은 가장 중요한 전력이었다. 하니 아주 작은 변수조차도 걱정할 수밖에 없었다.

"폭음을 듣고 적이 몰려올 수 있으니 일단 안전한 곳까지 빠져나가자."

"예."

둘은 북쪽을 향해 달리기 시작했다.

달리면서 서백이 물었다.

"저놈들이 죄다 만독불침의 경지에 오른 고수가 아니라면 확실히 뭔가가 잘못된 거 아니냐?"

"저도 잘 모르겠습니다! 이런 경우는 한 번도 없었는데……."

"혹시 독이 통하지 않는 체질이 있는 거냐?"

"그럴 리가요!"

"그럼 도대체 왜 그놈들은 독에 반응하지 않는 거지?"

육손만큼이나 서백도 의문이었다. 누구보다 육손과 함께 움직인 날이 많았던 그였기에 오늘의 실패는 생각조차 하지 못한 것이었다.

그때였다.

"형님! 저기를 좀 보세요!"

육손이 좌측을 가리켰다. 우거진 숲 위를 달리는 자들이 있었다.

"월가의 무사들입니다!"

"우측에도 있다."

이번에는 육손이 우측을 돌아봤다. 역시 숲 위를 맹렬히 달리는 자들이 있었는데, 귀령가의 무사들이었다.

"모두 한꺼번에 물러가는 것을 보니 적이 대대적으로

움직인 모양이네요!"

"그럴지도."

* * *

산악 지대 북쪽의 한 능선.

그곳으로 정찰에 나섰던 연합군의 무사들이 속속 돌아왔다.

가장 먼저 도착을 한 서백과 육손은 무사들의 수를 헤아리다가 정찰 중에 꽤 많은 인원이 당했음을 알 수 있었다.

무사들이 서백과 육손에게 머리를 숙였다.

서백은 위로의 말 말고는 건넬 말이 없었다.

"다들 수고 많았습니다."

하지만 육손은 달랐다.

"혹시 독을 쓰는 적들을 만났습니까?"

"예. 서른 명가량이 대를 이루어 경계 활동을 하고 있었는데, 그중 독을 쓰는 자들이 섞여 있었습니다. 동료들도 대부분 독에 당했습니다."

"저희도 그랬습니다."

"저희 역시……."

마지막으로 사천당가의 무사가 말하고 나섰다.

"이상한 놈들을 봤습니다."

"이상한 놈들이라니요?"

"정찰 중에 한 무리의 적과 맞닥뜨려서 독을 썼는데, 독이 전혀 통하지 않는 자들이 있었습니다."

"……!"

서백과 육손이 서로를 바라봤다.

사천당가의 무사가 말을 이었다.

"생김새가 다른 남만군들과는 다소 차이가 있었습니다. 그런 자가 세 명이 있었습니다."

"혹시 생김새가 이렇게……."

육손은 자신이 겪었던 묘인들의 이목구비를 설명했다. 그러자 사천당가의 무사가 고개를 끄덕였다.

"예! 저희가 본 자들 역시 그와 비슷한 용모를 지니고 있었습니다!"

육손이 무거운 표정으로 중얼거렸다.

"그런 자들이 몇 명이나 더 있을지……."

"일단 돌아가서 주군께 보고부터 드리자."

"예."

서백이 모두를 향해 외쳤다.

"일단 군영으로 복귀하도록 하겠습니다!"

"예!"

* * *

 서백을 비롯한 연합군의 무사들이 철수를 한 지 한 시진쯤 지났을까?

 북쪽 능선에 한 무리의 남만군이 나타났다.

 그중에는 묘인들도 있었는데, 서백과 육손으로부터 간신히 빠져나갔던 묘인들도 있었다. 도주하다가 아군이 적을 쫓는다는 것을 알고는 다시 되돌아온 것이다.

 무리의 수장이 손을 들어 모두를 멈춰 세웠다.

 "더는 무리이니 추격을 중단한다!"

 "빌어먹을……."

 "개새끼들! 모조리 죽여 없앴어야 했는데……."

 남만군 모두가 분노를 터트렸다.

 곳곳에서 산발적으로 벌어진 전투에서 상당한 수의 동료를 잃은 까닭이었다.

 물론 그들도 상대를 꽤 많이 죽였지만, 아군의 피해가 압도적으로 컸다.

 한 묘인이 말했다.

 "저희 쪽은 독을 쓰는 자가 있었습니다. 그것도 엄청난 실력자가……."

 수장이 다른 부대를 돌아보며 물었다.

 "너희 부대도 독에 당했나?"

"저흰 아닙니다."

"저희도 독을 쓰는 적은 보지 못했습니다!"

수장이 눈빛을 가라앉히며 중얼거리듯 말했다.

"아무래도 독왕이라는 자가 왔다 간 모양이군."

"독왕 정도나 되는 자가 직접 정찰에 나서지는 않았을 겁니다. 아마도 사천당가일 가능성이 높지 않겠습니까?"

"그래, 사천당가도 있었지."

그때였다. 또 한 무리의 남만군이 능선 위로 올라섰다. 다른 부대에 비해 그들은 병력이 네 명밖에 되지 않는데, 모두 묘인들이었다.

"왜 너희만 왔느냐!"

"사천당가 놈들을 만나는 바람에…… 모두 독과 암기에 당했습니다."

"빌어먹을 당가 새끼들!"

수장의 얼굴이 분노로 인해 벌겋게 달아올랐다. 그는 바람에 흔들리는 산악 지대를 응시하며 발로 땅을 굴렀다.

쾅!

"다음에 만나면 사천당가 놈들만큼은 기필코 죽여 없애고 말 것이다!"

* * *

군영으로 돌아온 육손은 곧장 연후를 찾아갔다.
연후는 신휘, 현진과 대화를 나누고 있었다.
"보고드릴 게 있습니다."
"말해 봐."
"정찰에 나섰다가 독이 전혀 통하지 않는 적들을 봤습니다."
"무슨 독을 썼는데 통하지 않았다는 거지?"
"제가 직접 만든 독인데…… 다른 남만군은 모두 죽었지만, 다소 특이하게 생긴 자들은 전혀 독이 통하지 않았습니다. 사천당가 쪽도 그런 자들을 만났다고 했습니다."
신휘가 물었다.
"너무 약한 독을 쓴 거 아니냐?"
"그게…… 설령 독이 약했다고 한들, 증상이 약할 뿐이지 전혀 증상이 없을 수는 없습니다."
그때 연후가 중얼거렸다.
"묘인들인 모양이군."
"예?"
"뇌검이 남만군 한 놈을 잡아 왔다. 놈이 그러더군. 남만군에 독에 특화된 묘인들이 있다고. 하지만 독이 통하지 않을 정도인 건 몰랐는데……."

서백이 놀라서 물었다.

"묘강의 묘인들이 남만군과 함께하고 있단 말입니까?"

"묘인들 전체가 함께하는 건 아닌 모양이야. 묘강에서 쫓겨난 뒤 곳곳으로 흩어진 이들 중 일부가 남만군에 합류했는데, 그 수가 수백 명은 족히 된다고 하니 조심할 수밖에. 육손이 일전에 이상하다고 했던 독도 놈들의 솜씨라고 보는 게 맞을 거다."

"그렇군요……."

연후가 말을 이었다.

"몇몇 이들에게 묘인들에 대한 고서를 살펴보라 지시를 내려놓았으니, 너도 가서 함께하도록 해라."

"알겠습니다."

육손이 서둘러 막사를 나선 뒤, 서백이 입을 열었다.

"놈들 때문에 꽤 많은 병력을 잃었습니다. 다음부터는 더 강한 고수들을 정찰에 내보낼 뿐만 아니라, 독에 능통한 사천당가의 무사들까지 붙여 두는 편이 좋을 것 같습니다."

"피해가 얼마나 되지?"

"각 가문마다 절반가량 무사들을 잃었습니다."

꿈틀!

연후의 눈썹이 슬며시 휘어졌다.

가문마다 정찰에 차출한 무사의 수가 스물이었다. 그렇

다면 각 가문마다 열 명씩 희생자가 나왔다는 소리였다.
 신휘가 무거운 표정으로 중얼거렸다.
 "확실히 독이 걸림돌이군."
 현진이 말을 받았다.
 "겨울이 지나기 전에 대책을 마련해야 할 것 같습니다. 아니면 이후의 전투에서 상상치 못할 피해를 입을 수도 있습니다."
 "그래, 그렇겠지."
 신휘와 현진은 연후를 응시했다.
 연후는 의자에 깊숙이 몸을 묻은 채 깊은 생각에 잠겨 있었다.
 서백이 그런 연후를 응시하며 눈빛을 발했다.
 '항상 저런 표정 다음에는 해법을 찾아내셨는데…… 과연 이번에도 그러하실까?'
 서백의 뇌까림처럼 연후는 이런 식으로 생각에 잠긴 뒤 가장 확실한 해법을 찾아내곤 했다.
 다만 그 해법이 너무나도 잔혹한 것들이었다.
 지난날 서장무림을 몰살시킬 때와 서북의 항군들을 생매장한 것, 그리고 얼마 전에 남만군 수만을 협곡에서 불태워 죽인 것이 그러했다.
 잠시 후, 연후가 자세를 고치고 탁자 위의 찻잔을 들어 입으로 가져갔다.

딸그락.

서백이 물었다.

"해법을 찾아내셨습니까?"

"전혀."

"……."

서백은 실망감을 감추지 못했다.

연후가 현진에게 말했다.

"육손하고 의논해서 해법을 찾아보도록 해."

"알겠습니다."

연후는 신휘를 돌아봤다.

"혹시 생각해 둔 게 있나?"

"본진 털이."

신휘의 담담한 대답에 연후는 흐릿하게 웃었다.

그 웃음을 본 신휘가 물었다.

"혹시 같은 생각을 하고 있었나?"

"그래."

"시간이 꽤 걸릴 텐데?"

"이미 북벌은 뒤로하기로 마음먹었다. 그리고 이곳을 확실하게 정리하기로도 말이다."

6장
야월, 움직이다

야월, 움직이다

휘이잉!

한결 쌀쌀해진 바람이 겨울의 시작을 알리는 듯했다.

겨울이라도 중원의 다른 곳에 반해 매우 따뜻한 사천이니 서문회는 추위를 걱정하지는 않았었다.

하지만 모든 것이 그의 뜻대로 흘러가지는 않았다.

'사천성이 이렇게 추웠나?'

지금 남만군이 군영을 세운 곳은 고지대였다. 상대적으로 방어에 적합한 까닭에 고지대를 선택했는데, 바람이 예상했던 것보다 훨씬 더 차가웠다.

그렇다고 저지대로 내려갈 수도 없는 노릇이었다.

지원 병력이 도착할 때까지는 전력의 손실을 최소화하는 것이 목표였기에 서문회는 무사들에게 마른 수풀을 엮어 걸치게 했다.

그 바람에 남만군 전체가 수풀을 베어 나르느라 여념이 없었다. 그야말로 중원에서는 보기 힘든 대규모 월동 준비였다.

딸그락.

서문회는 찻잔을 기울였다.

그런 서문회의 맞은편에 응숙과 묘인의 수장이 앉아 있었다.

묘인의 수장은 복장부터가 달라져 있었다. 남만군의 최고 수뇌부들이 입는 무복에, 코와 귀에는 온갖 화려한 장신구가 주렁주렁 달려 있었다.

서문홍(西門洪).

며칠 전 서문회는 그에게 자신의 성과 더불어 새로운 이름을 내렸고, 그에 감복한 묘인의 수장, 서문홍은 눈물을 쏟으며 충성을 맹세했다.

딸그락.

서문회가 응숙을 응시하며 물었다.

"당가 놈들에 의한 피해가 컸다지?"

"예. 군영 주변에서 벌어진 전투에서 놈들의 독에 꽤 많은 무사들이 당했습니다."

서문회의 시선이 서문홍을 향했다.

"내가 지시한 것은 어떻게 되어 가고 있느냐."

"모두가 밤낮없이 최선을 다하고 있으니 조금만 더 기

다려 주십시오."

"성공하느냐, 못하느냐에 따라 우리의 운명이 바뀔 수도 있음을 명심하고 모든 노력을 기울여야 할 것이다. 알겠느냐?"

"예, 군사!"

서문회는 묘인들에게 특명을 내렸다. 그것은 바로 어지간한 독은 무시해도 될 정도의 해약(解藥)을 대량으로 만들라는 것이었다.

서문회는 남만 특유의 대나무를 엮어서 만든 의자에 몸을 묻으며 눈빛을 가라앉혔다.

'묘강을 우리 쪽으로 끌어들이면 천군만마보다 더한 도움이 될 터인데……'

요즘 서문회에게 최고의 관심사는 바로 그것이었다.

묘인들의 강력함을 두 눈으로 목도한 이후로 독에 대한 중요성을 새삼 실감한 그였다.

하지만 생각처럼 쉬운 건 결코 아니었다. 지리적으로 먼 것도 있지만, 묘강의 배타적 문화 때문에 괜히 잘못했다가는 되레 강력한 적을 만들 수도 있기 때문이었다.

그들은 결코 누구에게 굴복할 자들이 아닙니다. 섣불리 나섰다가는 큰일이 날 수도 있습니다.

서문회는 묘강을 두고 의논을 했다가 들었던 서문홍의 단호했던 말을 떠올리며 슬며시 미간을 좁혔다.

'어떻게든 방법을 찾아야 한다. 묘강만 끌어들이면 백야벌과도 능히 자웅을 겨룰 만하다.'

그때 응숙이 입을 열었다.

"군사."

"할 말이 있으면 해 보거라."

"여전히 정찰에 나선 무사들에게서 전서구가 오지 않고 있습니다. 아무래도 사천당가에서 아군의 군영으로 이어지는 산악 지대에 맹금류들이 설치는 것 같습니다."

"그거야 적도 같은 입장일 테니 너무 신경 쓸 거 없다. 다만 경공이 빠른 자들을 중간중간에 두어 직접 취득한 정보를 보고토록 하거라."

"안 그래도 그러라 지시를 내려 두었습니다."

"본 좌는 너희들만 믿는다. 하니 매순간 최선을 다해 본 좌를 보필해야 할 것이다. 알겠느냐?"

"예, 군사!"

"예!"

"그만 자리로 돌아가거라."

응숙과 서문홍이 막사를 빠져나가자 서문회는 남은 차를 마저 비우고는 대나무를 엮어서 만든 침상에 몸을 눕혔다.

요즘 들어 서문회는 잠이 늘었다. 날카로워진 신경 때문에 잠을 설치기가 일쑤였던 과거와 비교하면 확연한 변화였다.

다만 본인이 그것을 인지하지 못하고 있었다.

그게 무엇을 의미하는 것인지도.

* * *

서문회의 막사를 나선 응숙은 고개를 갸웃했다.

'방금 본 좌라고 하셨는데…….'

처음이었다. 서문회가 자신을 본 좌라 칭한 것은.

남만왕이 사라졌으니 그래도 되는 것일까?

'그래도 그건 좀…….'

응숙은 본 좌라는 말이 왠지 거슬렸다. 남만에서 그건 오직 절대권좌에 오른 자만이 입에 담을 수 있는 것이었다.

"뭘 그리 골몰히 생각하시오?"

서문홍이 물었다.

응숙의 눈빛이 매섭게 변했다.

"이젠 말투까지 변했군."

"……."

"군사께서 너를 총애한다는 건 알지만, 그래도 네 출신이 변하는 것은 아니라는 것을 명심해라, 족장."

그 말을 하고 응숙이 횅하니 가 버리자 서문홍의 두 눈이 길게 찢어졌다.

"족장? 언제까지 네놈이 나를 무시할 수 있는지 두고 보마. 후후후."

이전이었다면 응숙 앞에서 고개조차 들지 못했던 서문홍. 하지만 그는 변했다. 과거와는 비교조차 할 수 없을 만큼.

그것은 권력을 가진 자만이 드러낼 수 있는 일종의 오만이었다.

* * *

만월이 떠오른 밤.

북쪽에서부터 사천당가를 향해 은밀히 움직이는 자들이 있었다.

처음에는 수십 명에 불과했던 자들이 시간이 지나면서 엄청난 수로 늘어나더니, 끝에는 일만이 훨씬 넘었다.

선두에서 무리를 이끄는 자가 불빛에 잠긴 사천당가를 응시하며 나지막이 중얼거렸다.

"벌건 대낮을 두고 왜 꼭 밤에 맞춰서 오라고 한 걸까? 덕분에 쓸데없이 시간만 낭비했구나. 쯧쯧쯧."

혀를 차는 자는 혈가의 장로였다.

그리고 그와 함께 남하하는 병력은 새롭게 사천당가로 내려온 혈가의 정예들이었다.

그때였다.

휘리릭!

한 줄기 바람과 함께 홍무가 떨어져 내렸다.

"가주를 뵙소이다!"

"어서 오시오, 장로."

홍무는 손을 들어 무사들로 하여금 군례를 취하지 못하게 했다.

장로가 물었다.

"굳이 밤에 맞춰서 오라고 한 연유가 궁금합니다만."

"대지존의 명이오. 자세한 것은 들어가서 얘기합시다."

혈가의 장로는 홍무의 뒷모습을 응시하며 고개를 한 차례 갸웃거렸다.

그리고 다음 날 밤.

이번에는 월가의 정예 일만이 새롭게 도착했고, 하루의 시간차를 두고 각 가문의 정예들이 속속 합류했다. 추가 병력이 오지 않은 곳은 상대적으로 병력이 부족한 황하수련뿐이었다.

그리고 닷새 뒤.

백야벌에서도 이만의 병력이 도착했다.
　새롭게 합류한 병력은 도합 칠만.
　그들은 사천당가 뒤쪽의 협곡에 군영을 세웠다. 적의 정찰 병력이 쉽사리 올라갈 수 없는 곳이었다.

　　　　　　＊　＊　＊

　월가의 군영.
　가주 야월은 홀로 술잔을 기울였다.
　야화를 잃은 이후부터 그는 막사에서 거의 나온 적이 없었다.
　연후도 그를 따로 부르거나 찾지 않았다. 상심을 회복할 시간을 주기 위함이었다.
　한 중년인이 야월의 잔이 비워질 때마다 술을 채워 주었다.
　"쉽사리 잊혀지지가 않아. 그만큼 내게 소중했다는 것이겠지."
　야월의 입술을 뚫고 독백이 흘러나왔다.
　중년인은 말없이 빈 잔에 술을 따랐다.
　쪼르륵.
　"돌이켜보면 헛된 삶이었다. 야망에 사로잡혀 정작 월가가 진정으로 나아가야 할 길을 잃고 말았어."

중년인이 눈빛을 떨었다. 그리고 결연한 어조로 말했다.

"가주 덕분에 우리 월가는 역사상 최고의 전성기를 구가해 왔습니다. 물론 지금도 그러합니다."

"아니야. 서문회와 손을 잡으면서 모든 것이 어긋나기 시작했다."

탁!

"차라리 그때 보다 확실하게 밀어붙였거나 아니면 진즉에 그자와의 연을 끊었어야 했다. 그러지 못했기에 너무 많은 것을 잃고 말았다. 모든 것은 나의 책임이다."

"가주! 왜 그런 말씀을······!"

"혼자 있고 싶으니 그만 물러가거라."

"······예."

중년인이 머리를 조아리고 막사를 나가자, 야월은 남은 술을 아주 천천히 다 비웠다.

그리고 마지막 잔을 비웠을 때, 음울하게 가라앉았던 그의 두 눈이 가늘게 흔들리기 시작했다.

뒤이어 통한이 담긴 독백이 흘러나왔다.

"네놈을 죽이러 가마, 서문회."

* * *

싸아아······.

바람을 이기지 못한 숲이 이리저리 흔들렸다.

경계를 서는 남만의 무사들은 바람이 들지 않는 우거진 숲에서 밤이 지나가기만을 기다렸다.

"빌어먹을. 더럽게 춥네."

"사천성은 따뜻하다고 해서 걱정하지 않았는데, 완전 빌어먹을 날씨네. 젠장!"

"어이, 누구 술 가진 것 좀 있냐? 있으면 좀 내놔 봐."

"이 자식이 돌았나? 경계 중에 술을 마시다가 발각되면 여기 있는 모두가 골로 간다고, 자식아!"

"우리만 입 다물면 되는데 겁먹기는. 없으면 말아라, 새끼야."

휘이잉!

바람이 숲을 뚫고 들이치자 무사들은 한껏 몸을 웅크리며 하늘을 원망했다.

그러기를 일각쯤 지났을까?

스슥, 스슥.

전방에서 수풀이 흔들리는 소리가 들려오자 무사들은 재빨리 검에 손을 가져가며 외쳤다.

"누구냐!"

스슥, 스슥.

아무런 반응 없이 소리만 커지자 무사들은 이내 수풀 속으로 몸을 숨겼다.

"산짐승인가?"

"그런가 보지. 신경 꺼라."

그때였다.

"헉!"

한 무사가 허파에서 바람 빠지는 소리를 내며 엉덩방아를 찧었다.

털썩!

"누, 누구냐!"

"엇!"

채채챙!

지척에 모습을 드러낸 이를 발견한 무사들은 황급히 검을 뽑았다.

"가서 너희 군사에게 전해라. 야월의 가주가 찾아왔다고."

"……!"

"야, 야월의 가주!"

모두가 사색이 되었다.

어찌 팔대가문의 수장 한 사람인 야월을 모를까. 그러했기에 감히 누구도 뽑은 검을 휘두를 생각조차 하지 못했다.

"가서 북쪽 암벽에서 기다리고 있겠다 전하거라."

그러고는 사라지는 야월.

무사들은 서로를 쳐다보며 두 눈을 한껏 부릅떴다. 그리고 곧 한 무사가 군영을 향해 황급히 달려갔다.
 남은 자들은 자신들의 목을 어루만지며 안도의 숨을 토했다. 그들에게 야월을 만나고도 살아 있다는 것은 기적이나 다름없었다.

* * *

 잠이 부쩍 많아진 서문회.
 막사 주변을 지키고 선 호위들은 무사 한 명이 달려오자 싸늘히 외쳤다.
 "군사께서 주무신다. 거기 멈춰라!"
 무사가 황급히 멈추며 말했다.
 "워, 월가의 가주가 군사께 북쪽 암벽에서 기다리겠다 말을 전하라 하였습니다."
 "……뭐?"
 "이 자식이 헛것을 봤나? 월가의 가주가 여길 왜 찾아와!"
 "저, 저는 그저 그자의 말을 전하기 위해서……."
 그때였다.
 "들여보내라."
 서문회의 목소리가 흘러나오자 호위가 무사에게 들어

가라는 눈짓을 보냈다.

막사 안으로 들어간 무사는 서문회를 향해 머리를 조아렸다.

서문회가 물었다.

"월가의 가주라고 하였느냐?"

"예. 틀림없이 본인을 월가의 가주라 했습니다."

"인상착의를 말해 보거라."

"그게……."

서문회는 무사가 말하는 인상착의를 들으며 야월이 틀림없음을 확신했다.

"놈이 내 이름을 말했느냐?"

"아닙니다. 그냐 군사께 자기 말을 전하라고만 했습니다."

서문회는 내심 안도했다. 만약 자신의 이름을 밝혔더라면 야월을 만난 무사들부터 죽여야 했다.

'그놈이 나를 찾아왔다?'

피식.

'지금이라도 내 손을 다시 잡겠다면 모를까, 복수를 하겠다고 찾아온 것이면…… 절대 살아서 돌아가지 못한다, 야월.'

서문회는 일어서서 겉옷을 걸치며 검을 챙겼다.

철그럭.

"북쪽 암벽으로 갈 것이다. 안내하거라."
"저, 정말 가십니까?"
"찾아온 손님이니 만나 봐야지 않겠느냐."
"……예."
서문회는 무사와 함께 밖으로 나서자 호위들이 다가왔다. 하지만 응숙은 없었다.
"저희들이 모시겠습니다."
"아니다. 혼자 다녀올 것이니 아무도 나서지 말거라."
"군사!"
"명령이다."
"……!"
서문회는 무사와 함께 어둠 속으로 나섰다.
호위들은 그러한 서문회의 뒷모습을 바라보며 불안한 표정을 감추지 못했다.
휘이잉!
바람이 점점 더 사납게 변해 갔다.

* * *

야월은 어둠을 헤치며 걸어오는 서문회를 조용히 바라봤다.
서문회가 나타난 순간부터 그의 내면은 고요한 눈빛과

는 달리 심하게 요동치고 있었다.

자신의 품속에서 죽어 간 야화, 그가 피눈물을 흘리고 있었다.

"오랜만이군."

야월의 앞에서 걸음을 멈춘 서문회가 먼저 말을 건넸다.

반면 야월은 말없이 검을 뽑았다.

스르릉.

어둠 속으로 새파란 광망이 번져 나갔다.

하지만 서문회는 지극히 담담했다. 오히려 그는 입가에 흐릿한 미소를 머금은 채 비웃었다.

"애송이의 개 노릇이 할 만한가 보군."

야월은 반응하지 않았다. 그는 검을 비스듬히 늘어뜨린 채 두 발을 어깨보다 조금 더 넓게 가져갔다.

검신을 물들인 광망이 점점 더 짙어지자 서문회의 두 눈이 이채를 머금었다.

'한 수에 끝장을 보겠다 이건가?'

그러했다. 지금 야월은 그것을 원하고 있었다.

스르릉.

서문회도 검을 뽑았다. 야월의 검과는 달리, 그의 검은 본연의 모습 그대로를 유지했다.

서서히 서문회의 눈동자 깊숙한 곳에서부터 살기가 끓

어오르기 시작했다.

그 역시 야월을 향한 원망이 컸다. 한편이었다가 무정하게 돌아섰으니 원한이라고 해야 옳으리.

"배알도 없는 놈. 진즉에 네놈의 그릇이 그 정도임을 알았더라면 내 신세가 달라졌을 터인데……."

"언제까지 지껄일 거요?"

"여기까지."

씨익.

악마처럼 날카로운 서문회의 송곳니가 하얗게 드러났다.

휘이잉!

바람이 둘의 전신을 사납게 할퀴고 지나갔다.

더불어 둘 사이의 공간에서 흙먼지가 폭포수처럼 치솟으며 시야를 가렸다.

절대지경을 밟은 자들은 이렇듯 검보다 먼저 기운으로 격돌하는 법이었다.

스스슥.

서문회가 왼발을 옆으로 가져가며 검을 고쳐 잡았다.

"오너라, 이놈!"

* * *

"주군, 월가에서 사람이 찾아왔습니다."

밖에서부터 흘러든 철우의 목소리에 연후는 침상에서 내려왔다.

"모셔라."

막사의 문이 열리고 철우와 한 중년인이 들어섰다. 들어서기가 무섭게 중년인이 다급한 어조로 말했다.

"대지존! 본 가의 가주께서…… 서문회를 찾아가신 것 같습니다!"

"……!"

"군사를 잃은 복수를 하기 위해 찾아가신 것 같은데…… 도와주십시오! 제발 도와주십시오!"

"복수 때문에 서문회를 찾아간 것이 확실한 거요?"

"예! 틀림없습니다!"

연후는 내심 놀랄 수밖에 없었다.

군사 야화가 야월에게 아들 같은 존재라는 건 익히 들어서 알고 있었다. 하지만 설마 그 복수를 위해 스스로 사지를 찾아갈 줄은 상상도 하지 못했다.

"알았으니 다른 사람들에게는 함구토록 하시오."

"감사합니다! 감사합니다, 대지존!"

연후는 철우를 응시했다.

"가서 황태, 그 양반을 좀 불러와야겠다."

"알겠습니다."

철우와 중년인이 막사를 나가자 연후는 벗어 놓았던 장

포를 걸치며 검을 챙겼다.

'어쩌면 이미 늦었을지도…….'

잠시 후 철우가 황태와 함께 돌아왔다.

"같이 좀 가야 할 곳이 있소."

"알겠소."

막사를 나선 연후는 곧장 남쪽으로 몸을 날렸다.

이동하는 내내 연후의 머릿속은 복잡했다.

야월은 껄끄러운 상대였다. 사라져 준다면 오히려 오히려 좋은 일이었다.

하지만 연후는 마냥 기뻐할 수 없었다.

야화를 잃고 슬픔에 잠겼던 야월의 모습은 다른 평범한 이들과 크게 다를 바가 없었기 때문이다.

'어리석은…….'

* * *

주르륵.

서문회의 가슴을 타고 피가 흘러내렸다. 쩍 벌어진 가슴은 뼈가 하얗게 드러나 있었다.

파르르…….

당혹감을 머금은 두 눈이 세차게 흔들렸다.

'이 정도였다니…….'

믿을 수가 없었다. 아수라마공을 익힌 자신이 이렇듯 큰 상처를 입을 줄이야.

물론 목숨에 지장은 없었다. 또한 아수라마공 덕분에 부상도 며칠 지나지 않아 회복할 수 있을 터였다. 다만 이 결과가 당혹스러울 뿐이었다.

더 당혹스러운 것은 야월을 놓쳤다는 점이었다.

화아악!

서문회의 전신에서 강력한 마기가 흘러나왔다. 그 바람에 상처 부위에서 흘러내리던 피의 양이 확 늘어났다.

'결코 멀리 가지 못했다. 무조건 잡고야 만다.'

야월은 치명적인 부상을 입었다. 만약 야월 정도의 고수가 아니었다면 즉사를 했어도 하나 이상할 것이 없을 정도였다.

파파팟!

서문회는 야월을 쫓아 움직였다.

그러다가 낭자한 혈흔을 발견하고는 안광을 번뜩이며 방향을 틀었다. 혈흔은 북쪽을 향하고 있는 탓이었다.

보나 마나 사천당가로 향하고 있음이리라.

'어림없다, 이놈.'

쾅!

땅을 박차고 뛰어오른 서문회는 한 마리 새처럼 북쪽으로 사라졌다.

그리고 얼마나 지났을까?

스슥.

수풀이 흔들리더니 야월이 모습을 드러냈다.

"컥!"

외마디 신음과 함께 야월의 입가를 타고 피가 꾸역꾸역 흘러내렸다. 또한 가슴과 등 뒤에서도 피가 흘러내리고 있었다.

서문회의 검에 관통상을 입은 것이다.

파르르…….

야월은 서문회가 사라져 간 북쪽을 바라보며 눈빛을 떨었다.

'괴물이 되었구나, 서문회…….'

서문회의 가슴을 깊게 베어 냈으나, 야월이 입은 부상에 비하면 그건 아무것도 아닌 상처라 할 수 있었다.

야월은 설령 그 자리에서 자신의 목숨이 다하더라도 어떻게든 서문회를 죽이기 위해 전력을 다했다.

지금껏 팔대가문의 가주인 그에게 감히 대적하려 했던 자가 없었기에 세상에 선보일 일이 없었던 월가 최강의 초식마저 사용했다.

그런데 그러했음에도 오히려 그가 더 큰 부상을 입은 것이었다.

하지만 야월이 충격을 받은 것은 그 부분이 아니었다.

'놈은…… 전력을 다하지 않았다.'

그랬다.

야월은 목숨까지 내걸며 전력을 다했으나, 서문회는 그를 상대하는 내내 여유를 내보였다.

그에 야월은 서문회가 전력을 다하지 않았음을 인정할 수밖에 없었다. 그리고 그가 여유를 부리지 않고 최선을 다했다면 자신은 이미 한 줌 고혼이 되었을지도 모른다는 것도.

찌이익!

야월은 밀려오는 통증에 상념을 뒤로한 채 장포를 찢어 일단 지혈부터 했다. 그러고는 서문회와는 다른 경로로 북쪽을 향하기 시작했다.

그때였다.

파파팟!

전방의 수풀이 사납게 흔들렸다.

야월은 재빨리 숲으로 몸을 숨겼다.

잠시 후 세 명의 남만군이 뛰어오는 것이 보였다. 그들은 야월의 코앞을 지나 군영이 있는 곳으로 사라졌다.

그들은 우연히 서문회를 만나 야월을 쫓으라는 명령을 군영에 전하러 가는 길이었다. 그것을 알았더라면 야월은 가만히 있지 않았을 터였다.

그리고 얼마나 지났을까?

땡땡땡!

남만군의 군영에서 종소리가 요란하게 울리더니 수많은 무사들이 뛰쳐나왔다.

'나를 쫓아오는 건가?'

욱신!

"큭!"

부상 때문에 속도를 높일 수가 없었던 야월은 깊은 숲을 찾아 들어갔다.

다행스럽게도 우거진 숲 한쪽에 사람 하나가 겨우 들어갈 만한 동굴이 있었다.

자칫 잘못하면 완벽하게 갇히는 신세가 될 수도 있었지만 찬물, 더운물을 가릴 여유가 없었던 야월은 곧장 동굴로 들어갔다.

그런데 들어가니 밖에서 보는 것과는 확연히 달랐다. 일단 공간이 매우 넓었고, 조금 더 안쪽으로 들어가니 자그마한 못도 있었다.

야월은 가부좌를 틀고 앉았다.

운기조식을 통해 최소한의 내력은 확보를 해 둬야 했다. 운기조식을 하는 동안에 남만군이 들어오면 꼼짝없이 잡히는 신세가 되겠지만, 역시 그러한 것을 따질 여유가 그에게는 없었다.

"후욱!"

깊게 한숨을 토한 야월은 곧장 운기조식에 들어갔다. 그리고 곧 무아지경 속으로 빠져들었다.

* * *

흐렸던 하늘이 개었는지 달이 뜨고 별이 보이기 시작했다.

연후는 달빛이 내려앉은 전방의 광활한 밀림 곳곳을 살폈다. 그러다가 숲을 헤치며 나서는 수많은 남만군을 발견하고는 눈빛을 발했다.

황태가 말했다.

"누굴 쫓고 있는 것 같소."

"야 가주이길 바랍시다."

"남만군 속으로 들어가야 할 것 같은데……."

"두렵소?"

"내가 그런 사람이 아니지 않소. 후후후."

"그럼 갑시다."

셋은 우거진 숲으로 뛰어내렸다. 그러고는 남만군이 헤집고 다니는 곳으로 은밀하게 숨어들었다.

연후는 남만군이 야월을 쫓고 있기를 바랐다. 그렇다면 야월이 아직 죽지 않았음을 의미하는 것이었으니까.

그때였다. 바로 앞의 수풀이 흔들리더니 한 무리의 남

만군이 모습을 드러냈다.

연후와 황태, 철우는 유령처럼 숲 너머로 몸을 숨겼다.

"월가의 가주가 군사를 찾아왔다고 하던데…… 사실이냐?"

"사실이라고 하더라. 그자가 북쪽 암벽에서 기다리고 있을 테니 군사더러 그곳으로 오라고 했다 하던데?"

"하면 군사께서 그자를 꺾었다는 건가?"

"부상을 입었으니 멀리 가지 못했을 거라고 말씀하신 걸로 봐서는 그렇다고 봐야겠지."

"솔직히 믿을 수가 없다. 군사께서 월가의 가주를 물리칠 정도로 강했다니…… 너희들은 믿기냐?"

"나도 쉽사리 믿기지가 않는다. 다른 사람도 아닌 팔대 가문의 수장을 물리친다는 건……."

남만군들이 나누는 대화는 고스란히 연후의 귓속으로 흘러들었다.

'역시 살아 있었군.'

일단 야월의 생사는 확인이 되었다.

하지만 이 넓은 밀림에서 야월을 찾는다는 것은 그야말로 백사장에서 바늘을 찾는 것만큼이나 어려운 일이 될 터였다.

'부상을 입었다면…….'

연후는 잠시 야월의 입장에서 생각을 하기 시작했다.

'분명 부상의 정도가 심하니 추격을 명했을 것이다. 아니면 이런 산중에서 야월을 쫓는다는 것은 십만대군으로도 불가능하다. 그렇다면…….'

연후의 두 눈이 기광을 번뜩였다.

황태가 물었다.

[좋은 생각이라도 떠올랐소?]

[그는 심한 부상을 입어 아직 밀림을 빠져나가지 못하고 어딘가에 숨어 있을 가능성이 높소.]

[흠…… 밀림을 다 살피기는 쉽지 않을 텐데…….]

황태가 난감한 표정을 지었다.

그 와중에 남만군들은 그들의 눈앞을 지나 북쪽으로 멀어져 갔다.

"일단 북쪽 암벽이 있는 곳을 찾아가 봐야겠소. 철우."

"예."

"저놈들을 쫓아가서 북쪽 암벽이 어디를 말하는 것인지 알아보도록 해."

"알겠습니다."

철우가 조금 전에 앞을 지나갔던 남만군들을 쫓아 사라졌다. 그리고 일각쯤 지나서 돌아왔다.

"남만군의 군영 정면에서 북쪽으로 돌아가면 숲을 뚫고 솟아오른 암벽이 있는데, 근처에서 그 정도 높이의 암벽은 그곳밖에 없어서 쉽게 찾을 수 있다고 합니다."

"좋아. 그럼 그곳으로 가지."
"예."

　　　　　　＊　＊　＊

 야월의 전신이 땀으로 흥건히 젖었다.
 무아지경에 빠졌어도 부상 부위에서 올라오는 통증은 여간 고통스러운 게 아니었다.
 때문에 집중력도 떨어졌고, 운기조식도 몇 번이나 실패한 끝에 간신히 마칠 수 있었다.
 "후욱!"
 길게 숨을 토한 야월은 허리를 숙여 두 손으로 물을 떠서는 목을 축였다.
 욱신!
 야월의 미간이 일그러졌다.
 통증이 점점 더 심해지고 있었다. 서문회의 검이 품었던 강기가 몸속으로 흘러든 탓이었다.
 야월은 혈도 몇 곳을 짚어 통증을 완화시켰다. 그러자 조금은 나아지는 것 같았다.
 그때였다.
 사사삭!
 동굴 밖에서부터 기척이 전해졌다.

야월은 어금니를 악물며 동굴 안쪽으로 이동했다. 동굴은 매우 깊었고, 높이 또한 서서 걸어도 머리가 닿지 않을 정도로 높았다.

"동굴이다!"

"들어가서 살펴보자!"

"조심해라. 아무리 부상을 입었어도 상대는 팔대가문의 가주다."

야월은 동굴로 들어서는 남만군들의 기척을 고스란히 느끼며 점점 더 깊숙한 곳으로 향했다.

그러기를 얼마나 지났을까?

야월의 눈빛이 세차게 흔들렸다.

동굴의 끝이 나타난 것이다. 제발 반대편으로 나갈 수 있기를 바랐던 야월로서는 절망에 휩싸이는 순간이었다.

저벅! 저벅!

그 와중에 발소리는 점점 더 또렷해지고 있었다.

야월은 소리 없이 숨을 고르고는 수중의 검을 내려다보며 지그시 입술을 깨물었다.

'어쩌면 곧 너를 만날지도 모르겠구나.'

저벅! 저벅!

습기 가득한 동굴이 점점 커지는 발소리로 가득 차 들어갔다.

더 들어오면 발각되는 건 자명할 터. 더 이상 물러설

곳이 사라져 버린 야월은 상대가 한꺼번에 달려들 수 없는 곳을 찾아 자리를 잡았다.

'황천길이 외롭지는 않겠군.'

야월은 최후의 순간까지 싸울 생각이었다.

그러했기에 그의 두 눈은 이미 평소의 냉기를 머금고 있었다.

굽이진 벽 너머에서 머리 하나가 불쑥 튀어나왔다. 동시에 야월의 검이 허공을 갈랐다.

퍽!

잘린 머리가 동굴 바닥으로 떨어지고서야 뒤에서 소란이 일었다.

"여기다!"

또다시 두 명이 튀어나왔다.

야월의 검은 어김없이 남만군의 머리를 쳐 냈다.

퍼퍽!

"크악!"

"으악!"

욱신!

세 번의 칼질로 멈췄던 피가 다시 흐르기 시작했고, 정신마저 아득하게 만드는 극심한 통증이 다시 야월을 괴롭히기 시작했다.

"함부로 나서지 마라! 어차피 독 안에 든 쥐 신세나 마찬가지이니 동굴을 빠져나가지 못하게 입구를 봉쇄해라!"

"서둘러라!"

처처척!

남만군들이 동굴의 입구로 물러섰다.

야월은 크게 숨을 고르고는 동굴 벽에 비스듬히 몸을 기댔다.

후두둑!

가슴팍에서 떨어진 피가 빗물처럼 떨어져 내렸다. 야월은 상처 부위에 묶어 둔 장포 자락을 더 단단히 동여매고는 그 자리에서 미동조차 하지 않았다.

회한이 밀려들었다.

'어쩌다 이렇게 된 걸까?'

천하에 두려울 것이 없던 때도 있었다.

다른 팔대가문의 수장들을 제쳐 놓고 자신에게 유독 절대적인 신뢰를 보였던 서문회. 그가 백야벌의 주인이 되면 월가도 자연스럽게 팔대가문의 최고가 될 것이라 확신했던 시절이었다.

모든 것이 틀어지기 시작한 것은 이연후라는, 세상 모든 이들이 잊고 있었던 북부무림의 적자가 돌아오면서부터였다.

이후 서문회는 무너졌고, 야월의 꿈도 물거품이 되고

말았다.

'후회는 없다.'

야월은 연후를 떠올리며 흐릿하게 웃었다.

'다른 가문은 몰라도 우리 월가는 그자에게 한 번도 머리를 숙인 적이 없다. 그것이면 충분하다.'

욱씬!

꽈악!

점점 더 극심해지는 통증에 야월의 전신은 식은땀으로 흥건히 젖었다.

그때 전해지는 미세한 기척.

제법 강한 고수가 접근하고 있었다.

야월은 늘어뜨렸던 검을 천천히 들어 올리며 휘어진 모퉁이를 주시했다.

그러기를 눈 몇 번 깜박일 시간이 지났을까?

야월의 검이 섬전처럼 허공을 갈랐고, 동시에 머리를 내밀던 황포인 하나가 두 눈을 부릅떴다.

찰나의 시간을 격하고 둘의 시선이 얽혀들었다.

퍽!

잘린 머리가 바닥의 뾰족한 부분에 떨어지며 그대로 박혀 버렸다.

콱!

휘청!

야월은 손을 뻗어 동굴의 벽을 짚었다.

꽤 많은 공력을 한 방에 쏟아부은 탓에 온몸에서 힘이 쫙 빠져나가며 현기증이 올라왔다.

"대주님이 당했다!"

"씨발! 그냥 달려듭시다!"

"닥쳐라! 군사께서 사로잡으라 명하셨다! 하니 자리를 지켜라!"

입구를 봉쇄한 남만군들이 다시 소란에 휩싸였다.

야월은 세차게 고개를 흔들고는 흐릿하게 웃었다.

'나를 사로잡아? 어림없는 소리.'

그때였다. 목구멍 너머에서 뭔가가 올라왔다.

야월은 참지 못하고 그것을 게워 냈다.

와악!

촤아악!

시커멓게 죽은피를 한 바가지나 게워 낸 야월의 안색은 핏기 하나 없이 창백했다. 눈빛도 한순간 생기를 잃고 흐릿하게 변했다.

하지만 야월은 쓰러지지 않았다.

꽈악!

오히려 피가 나도록 입술을 깨물어 흐려지던 정신을 다잡았다.

그때였다.

위이잉!

밖에서부터 바람을 가르는 이상한 소리가 흘러들었다. 마치 가느다란 철사를 허공에서 마구 저을 때 나는 소리와 흡사했다.

뒤이어 처절한 단말마가 터졌다.

"크악!"

"끄아악!"

콰지직!

"크아악!"

"적이다!"

'적이라고?'

난데없는 상황에 야월의 눈빛이 살아났다. 뒤이어 힘겨운 몸을 이끌고 앞으로 나섰다.

그때 몇 명의 남만군이 들이닥쳤다. 야월을 공격하기 위함이 아닌 뭔가에 쫓겨 뛰어든 자들이었다.

야월은 수중의 검에 남은 공력을 모조리 끌어 담았다. 하지만 그가 검을 휘두를 일은 없었다.

퍼퍼퍼퍽!

뒤를 쫓아 날아든 다섯 줄기 청광이 남만군의 머리를 꿰뚫었다.

"켁!"

"컥!"

야월은 꼬꾸라지는 남만군들을 피하며 뒤쪽을 바라봤다. 누군가 동굴 안으로 들어서고 있었다.

그 뒤로 또 다른 두 사람에 의해서 피의 향연이 벌어지고 있었다.

파르르…….

야월의 두 눈이 세차게 흔들렸다.

"늦지 않아서 다행이오."

"……대지존."

* * *

"으악!"

"크아악!"

바람을 타고 흘러드는 단말마들.

야월의 흔적을 쫓아 움직이던 서문회는 허공에서 방향을 틀어 시위를 떠난 화살처럼 날아갔다.

그리고 얼마 후, 최초 야월과 격돌했던 암벽에 도착을 한 서문회는 사방에 나뒹구는 수많은 시신을 발견하고는 눈빛을 떨었다.

'놈이 이곳에 숨어 있었단 말인가? 아니다. 놈의 상태로 이 많은 병력을 상대한다는 건 불가능하다. 하면…….'

그때였다.

"으으……."

시체 더미 속에서 신음이 흘러나왔다.

서문회는 재빨리 시체 더미를 파헤쳐 그 속에서 헐떡이는 무사를 끄집어냈다.

"대체 어떻게 된 일이냐!"

"워, 월가의 가주가 도, 동굴에 숨어 있었는데…… 갑자기 엄청난 고수들이 나타나서 저희를……."

"놈들은 어디로 갔느냐!"

"보, 보지 못했……."

무사는 말을 다 잇지 못하고 숨이 끊어졌다.

바르르…….

서문회의 얼굴이 붉어지면서 가는 경련을 일으켰다. 그는 뒤이어 동굴이 있는 곳으로 몸을 날렸다.

그곳에도 수많은 시신이 나뒹굴고 있었다.

서문회는 숲에 가려져 있는 동굴의 입구를 발견하고는 입술을 깨물었다. 야월을 지척에 두고도 지금까지 엉뚱한 곳을 찾아 헤맨 것이다.

"누구 없느냐!"

소리를 쳐 봤지만 대답하는 이가 아무도 없었다. 모두가 죽어 버린 것이다.

"고약한!"

쾅!

땅을 박차고 뛰어오른 서문회는 북쪽 숲으로 들어섰다. 그리고 흔적을 찾아 주변을 살폈다.

하지만 어디에도 흔적은 없었다.

그때였다.

퍼드득!

전방 먼 곳에서 새 떼가 날아올랐다.

평소라면 무시할 법도 했지만 서문회는 지체 없이 새 떼가 날아오른 곳으로 몸을 날렸다.

* * *

황태가 야월을 업었다. 제아무리 황태라도 야월을 업은 상태에서 제 속도를 낼 순 없었다.

연후와 철우는 후방을 경계하며 황태의 뒤를 따랐다.

그러기를 얼마나 지났을까?

밀림이 끝나고 제법 넓은 벌판이 나타났다. 하지만 벌판의 끝에는 수많은 남만군들이 득실거리고 있었다.

연후는 서쪽을 응시했다.

'시간이 걸려도 우회해서 갈 수밖에 없겠군.'

그는 황태에게 곧장 말했다.

"서쪽으로 갑시다."

"알겠소."

셋은 벌판 뒤쪽의 숲을 타고 서쪽으로 방향을 틀었다.
그리고 잠시 후, 한 무리의 새 떼가 하늘로 날아올랐다.
푸드득!
뒤를 돌아보니 남만군들이 쫓아오고 있었다. 새 떼의 움직임을 보고 쫓아오는 것이리라.
"제가 막겠습니다."
"그냥 간다."
여기서 남만군을 상대할 필요는 없었다. 갈 때까지 가 보다가 뒤를 따라잡히면 그때 죽여도 충분했다.
"교대해 줘라, 철우."
"예."
철우가 야월을 업었다.
황태는 온몸을 이리저리 비틀어 보며 오만상을 썼다.
으드득!
황태는 철우의 등에 의식을 잃고 늘어진 야월을 힐끗 쳐다보고는 연후에게 물었다.
"저자가 죽으면 좋은 거 아니오?"
"내가 원하는 건 이런 결말이 아니오."
"……."
"어서 갑시다."
셋은 끝없이 펼쳐진 밀림을 헤치며 서쪽으로 움직였

다. 멀지 않은 곳에서 남만군의 기척이 전해졌지만 다행히 정확한 방향으로 쫓아오는 자는 없었다.

잠시 후 능선 하나를 넘어서자 거대한 협곡이 모습을 드러냈다. 중원의 다른 협곡과는 비교조차 할 수 없을 만큼 넓고 깊은 협곡이었다.

"협곡으로 들어간다."

"예."

협곡은 밖에서 보는 것보다 훨씬 더 깊었다.

좌우는 삼백 장이 넘는 높이를 자랑했고, 안쪽은 바깥과 거의 차이가 없을 만큼 우거진 숲이 빼곡하게 들어차 있었다.

"내게 넘겨."

"괜찮습니다."

"넘기라니까."

"……예."

연후가 야월을 업었다.

황태와 철우는 자연스럽게 뒤쪽으로 물러서서 적의 추격을 경계했다.

셋은 협곡 깊숙한 곳으로 들어갔다. 조금 들어가니 작은 물줄기가 보이기 시작했고, 조금 더 들어가니 제법 큼지막한 연못이 나왔다.

연후는 연못 옆에 야월을 눕혔다. 그러고는 장포를 벗

어 길게 찢은 다음 야월의 환부를 단단하게 동여맸다.
"상처가 심각한 것 같습니다."
"최대한 빨리 그 사람에게 데려갈 수밖에."
 연후는 다시 야월을 업으려 했다. 그러자 황태가 나섰다.
"내 차례요."
 결국 황태가 야월을 업었다.
 이동이 재개되었고, 제법 시간이 흐른 뒤에 협곡의 반대쪽 입구가 보이기 시작했다.
 연후는 뒤를 돌아봤다.
 그때였다. 뒤쪽 숲이 흔들리는 것이 보였다.
"숲으로 들어가시오."
"따라잡혔소?"
"제법 가까운 곳까지 쫓아왔소."
 셋은 숲으로 뛰어들었다.
 그리고 잠시 후 백여 명의 남만군이 모습을 드러냈다. 지금까지 경험했던 남만군과는 분위기부터가 다른 자들이었다.
 그중에서 연후의 시선을 잡아끈 것은 특이한 복장에 장신구로 치장을 한 자들, 묘인들이었다.
[덮칠까요?]
[독을 쓰는 놈들이 있으니 참아라.]

연후는 앞을 지나가는 묘인들을 주시했다.

따지고 보면 가장 강력한 적이라 할 수 있는 그들은 일단 죽이고 보는 것이 옳으리라.

하지만 야월 때문에 그럴 수가 없었다. 저 상태에서 독을 한 줌이라도 들이켜면 회생이 불가할 터였다.

스슥!

남만군 몇 명이 수풀을 헤치며 연후 등이 있는 곳으로 다가왔다.

철우와 황태가 검파에 손을 얹었다.

연후도 혈마번을 끌어올릴 준비를 했다. 여차하면 이대로 달려 나가 모두를 죽여야 할 판이었다.

스슥! 사삭!

남만군들이 점점 더 가까이 다가왔다. 이제 몇 걸음만 더 다가오면 어쩔 수 없이 손을 쓸 수밖에 없었다.

그런데 더 깊숙이 들어설 것 같았던 남만군들이 대화를 주고받더니 그대로 왔던 길을 되돌아갔다.

[아쉽네.]

묘한 의미를 담은 황태의 전음성에 연후는 피식 웃었다. 황태도 씩 웃었다.

사실 그는 싸우고 싶어 몸이 근질근질한 상태였다.

잠시 후 셋은 남만군이 빠져나간 협곡의 뒤쪽 입구를 통해 밖으로 나섰다.

전방 먼 곳에 숲이 있었고, 거기까지는 제법 긴 수풀이 빼곡하게 들어찬 벌판이 이어지고 있었다.

남만군은 벌판을 넘어 숲으로 막 들어서는 중이었다.

"여기서 잠시 쉬다가 북쪽으로 방향을 틀도록 하겠소."

"알겠소."

황태가 야월을 내려놓고는 품속에서 술병을 꺼냈다.

"한 모금 하시겠소?"

"고맙소."

연후는 황태가 건넨 술로 목을 축였고, 철우는 사양했다.

"그럼 나야 고맙지. 후후후."

남은 술을 병째 입으로 가져가던 황태의 두 눈이 살짝 커졌다.

"응?"

7장
추격전

추격전

숲을 뚫고 솟아오른 거목.

그 위에 한 사람이 서 있었다.

"저길 좀 보시오."

황태가 턱을 들어 거목을 가리켰다.

시선을 돌린 연후의 눈빛이 대번에 가라앉았다.

거목 위에 서 있는 사람은 바로 서문회였다. 비록 뒷모습이었지만 연후는 그가 서문회라는 것을 한눈에 알아보았다.

"서문회, 그 늙은이가 맞는 것 같은데……."

"맞소. 그자요."

황태가 야월을 힐끗 쳐다보고는 눈빛을 가라앉혔다.

"멀쩡한 것을 보니 저 작자가 일방적으로 당한 모양이군."

연후도 사실 그 점이 놀라웠다.

황태의 말처럼 서문회는 지극히 멀쩡한 모습이었다. 아무리 아수라마공을 익혔다고는 하나, 팔대가문의 수장이며 절대지경을 밟은 야월을 일방적으로 꺾는다는 것은 상상키 힘든 일이었다.

황태가 넌지시 물었다.

"여기선 곤란하지 않겠소? 저쪽이 쪽수가 너무 많아서 말이오."

연후는 묵묵히 고개를 끄덕였다.

적진 한복판에서 싸울 순 없는 노릇이었다. 하물며 야월이 저 지경이었으니 당장은 그부터 살려 놓고 봐야 할 일이었다.

'곧 다시 만나게 되겠지.'

휘이잉!

바람이 숲을 한 차례 흔들고 지나갈 때, 서문회의 시선이 연후 등이 있는 곳을 쓸고 지나갔다.

하지만 우거진 숲과 각도 때문에 서문회는 연후 등을 찾아낼 수 없었다.

* * *

'놓쳤단 말인가?'

서문회는 치미는 짜증에 인상을 그렸다.

다 잡은 고기라 여겼던 야월, 그를 사로잡았더라면 요긴하게 써먹을 곳이 무척이나 많았다.

당장은 남만군의 사기를 높이는 것은 물론이고, 반대로 적의 사기를 꺾을 수도 있었던 절호의 기회였다.

자신의 오판과 야월의 기지가 뒤섞여서 만들어진 결과였다.

'조금만 냉철했더라면……'

서문회는 치미는 자책감에 광활한 밀림을 응시하며 자근자근 입술을 깨물었다.

그때였다. 밀림 좌측에서 소란이 일었다.

남만군들이 일제히 한 곳을 향해 달려가고 있었다.

'놈인가?'

팟!

서문회는 나뭇가지를 발판 삼아 허공으로 솟구쳐 올랐다. 그리고 가공할 속도로 허공을 갈랐다.

잠시 후 서문회의 얼굴이 다시금 무참히 일그러졌다. 커다란 산돼지 때문에 빚어진 소동이었다.

쾅!

화를 참지 못한 서문회는 발로 땅을 굴렀다.

한 무사가 다가오며 물었다.

"북쪽으로 더 올라가 봅니까?"

"물론이다! 더 빠르게 움직여라!"
"하지만 더 올라갔다가는 적에게……."
무사의 머리가 뎅강 잘려 날아갔고, 모두는 경악하며 뒤로 물러섰다.
서문회는 남만군을 향해 싸늘히 외쳤다.
"냉큼 쫓지 않고 뭘 꾸물거리는 게야!"
"예!"
"……예!"
남만군들이 허겁지겁 숲으로 뛰어들었다.
서문회는 다시 숲 위쪽으로 올라갔다.
'반드시 잡고야 만다, 이놈…….'

* * *

신우가 신휘의 막사로 들어섰다.
"형님! 다수의 적이 북쪽으로 올라오고 있다는 보고입니다!"
"현재 위치는?"
"적의 군영에서 북쪽으로 이십 리 정도입니다."
"일단 나가 보도록 하지."
"예!"
신휘가 장포를 걸치고 검을 챙겨 막사를 나서자, 이미

혈왕군이 출격 준비를 마친 채 도열해 있었다.

'뭐가 잘못된 것은 아니겠지.'

신휘는 연후를 떠올리며 전마에 몸을 실었다.

그때 총사 한송을 비롯한 각 가문의 수장들이 뛰어나왔다.

"무슨 일입니까, 대공!"

"다수의 적이 북상하고 있다는 보고가 올라왔소. 하니 일단 우리가 가서 확인을 해 보도록 할 테니, 총사께서는 본진을 맡아 주시오."

"알겠습니다."

신휘는 혈왕군을 향해 나지막이 외쳤다.

"출진."

"출진이다!"

두두두!

한송은 여명 속으로 달려가는 혈왕군을 응시하며 가슴이 떨림을 느꼈다.

'더 강력해졌구나, 혈왕군.'

이미 오래전부터 천하의 모든 이들에게 공포의 대상이었던 혈왕군이었건만, 이전보다 더욱 강력해진 모습은 전율을 불러오기에 충분했다.

그리고 그런 혈왕군을 거느리고 있는 것이 북천이었으니, 북천이 이제 누구도 감히 넘을 수 없는 장벽처럼 각

인되는 건 어찌 보면 당연한 일이었다.

그리고 그러한 감정을 느끼고 있는 건 한송 역시 마찬가지였다.

그때였다.

두두두!

한 기의 인마가 질풍처럼 달려 나갔고, 그 뒤를 몇 기의 인마가 따라갔다.

한송이 놀라 소리쳤다.

"상존!"

소무백이었다.

그가 한송을 돌아보며 낭랑하게 외쳤다.

"다녀오겠습니다!"

난감함에 미간을 찡그렸던 한송이 좌우를 돌아보며 외쳤다.

"뭣들 하느냐! 속히 상존을 모셔라!"

"예!"

귀령가의 호위 몇 명이 재빨리 소무백을 쫓아 달려 나갔다.

* * *

야월이 깨어났다. 그는 자신을 내려다보며 서 있는 연

후 등을 발견하고는 눈빛을 떨었다.

"여긴……."

"본영으로 돌아가는 중이오."

한송이 일어서려다가 인상을 찡그렸다.

"그냥 가만히 있으시오."

"나를…… 구하러 오셨소?"

"아니면 왜 왔겠소."

연후의 눈에서 진심을 읽은 야월은 다른 말을 꺼낼 수가 없었다.

그때 철우가 물주머니를 내밀었다.

"고맙네."

야월은 물로 목을 축이고는 크게 한숨을 토하며 말했다.

"나는 그자의 상대가 되지 못했소. 그자는 이미…… 괴물이 되어 있었소."

"지금은 안정에 최선을 다해야 할 때요. 하니 잠시 더 자도록 하시오."

연후는 야월의 수혈을 짚었다. 금방 축 늘어지는 야월을 잠시 내려다본 연후는 허리를 펴고 일어섰다.

"다시 움직이지."

"예."

셋은 다시 북쪽을 향해 움직이기 시작했다.

남만군을 피해 서쪽으로 우회를 하는 바람에 군영으로 향하는 길을 찾는 것부터가 쉽지 않았다.

황태가 선두에서 길잡이 역할을 했고, 연후는 뒤에서 추격해 올 적을 경계했다.

그렇게 반 시진쯤 이동했을까?

맑았던 하늘이 흐려지더니 갑자기 눈이 내리기 시작했다.

"오호, 사천성에서 눈을 보게 될 줄은 몰랐네."

황태가 떨어지는 눈송이를 혀로 받으며 씩 웃었다. 그는 마치 이 상황을 즐기는 것처럼 보였다.

그도 그럴 것이 지금 황태는 연후와 함께 뭘 한다는 자체로 매우 기분이 좋았다.

그와 함께하기로 한 이후 이렇게 함께 움직인 적은 손에 꼽을 정도였다. 하물며 적진 한복판이니 감회가 남다를 수밖에 없었던 것이다.

"잠시 쉰다."

"예."

모두가 휴식에 들어갈 때, 연후는 거목의 꼭대기로 올라가 사방을 살폈다. 하지만 연후는 결코 안심할 수 없었다.

'서문회라면 오롯이 북쪽으로 향하는 길목만 수색하지는 않을 것이다.'

이 시점에서 가장 우려해야 할 것은 서문회의 판단력이었다. 물론 대군을 이끄는 능력의 부족함은 몇 번에 걸쳐 이미 확인했지만, 이런 상황에서의 판단력이 어떠할지는 미지수였다.

'만에 하나 최악의 상황에 처한다면…….'

연후는 결심했다. 그러한 상황이 온다면 야월을 포기하는 한이 있더라도 서문회와 끝장을 보기로.

스슥!

황태가 옆으로 올라섰다. 그가 연후를 향해 의미심장한 눈빛을 보냈다.

"지금이라도 늦지 않았소."

야월을 두고 한 말이었다.

연후는 고개를 저었다.

"말했지 않소. 내가 원하는 결말은 그런 게 아니라고."

"혹시 월가를 얻고 싶은 거요?"

"가능하다면."

"흠……."

연후가 물었다.

"꽤 신나 보이는 것 같소?"

"신날 수밖에. 우리가 이렇게 함께한 적이 언제였는지 기억조차 없소. 후후후."

피식.

"우문 련주하고 함께 지내더니 말주변이 많이 는 것 같소."
"그 양반이 좀 능글맞아야지. 후후후."
"후후후."
둘은 떨어지는 눈송이를 맞으며 한동안 거목 위에서 이런저런 대화를 나눴다. 그리고 한 시진쯤 지났을 때 이동을 재개했다.
그리고 얼마 후, 그들이 머물렀던 곳에 서문회가 나타났다.
응숙과 수십 명의 남만군, 그리고 묘인 몇 명이 그와 함께했다.
묘인 하나가 마치 사냥개처럼 주변을 살피기 시작했다. 그러더니 곧 서문회에게로 다가와 말했다.
"사람이 머물렀던 흔적이 있습니다."
"시간은?"
"한두 시진쯤 된 것 같습니다."
서문회의 두 눈이 독기를 품었다.
"거의 다 따라잡았군."
"그자들이라 확신할 순 없습니다."
"이 밀림에 누가 있을 수 있겠느냐. 속히 앞장서서 흔적을 쫓아라!"
"예!"

서문회는 맨 뒤에서 움직이며 전방을 바라봤다. 이제 조금만 더 올라가면 밀림이 끝나게 될 터. 그 전에 무조건 찾아야 했다.
　서문회는 연후를 떠올렸다.
　'부디 네놈이 함께 있기를…….'
　그때였다.
　"새 떼가 날아올랐습니다!"
　길잡이 역할을 하던 묘인이 소리쳤다.
　서문회는 재빨리 나무 위로 뛰어올랐다.

* * *

　"조금만 더 올라가면 밀림이 끝날 것 같으니 그만 내게 넘기시오."
　황태가 야월을 업었다.
　철우가 온몸을 이리저리 비틀었다.
　으드득!
　아무리 내가고수여도 한 사람을 업고 밀림을 헤쳐 나간다는 것은 결코 쉬운 일이 아니었다.
　"놈들이 밀림이 끝나는 곳까지 쫓아올까요?"
　"서문회의 집념에 달렸다고 봐야지."
　철우가 야월을 돌아보고는 미간을 좁혔다.

"솔직히 놀랐습니다. 누구보다 야망이 큰 자인 줄 알았는데, 복수심 때문에 사지로 뛰어들다니 말입니다."

"좋은 모습을 봤다고 생각해라."

"……"

"인간적이잖아."

"……예."

철우는 연후의 속내가 궁금했다.

그가 아는 연후는 결코 야월을 위해 위험을 감수할 사람이 아니었다. 오히려 정적을 제거할 기회라 여겨 방관했어야 했다.

'도대체 무슨 생각을 하고 계신 건지…….'

그때였다.

푸드득!

바로 앞에서 새 떼가 날아올랐다.

연후는 재빨리 숲 위쪽으로 올라섰다. 그러고는 후방을 바라보다가 숲 위에 서 있는 누군가를 발견하고는 눈빛을 가라앉혔다.

서문회였다.

'결국 이렇게 되고 말았군.'

갈등이 일었다.

이쯤에서 야월을 포기하고 서문회와 끝장을 봐야 할까?

그러나 갈등은 오래가지 않았다.
'아직은 아니다.'
연후는 아래를 향해 나지막이 외쳤다.
"꼬리를 잡혔으니 속도를 올리시오."

* * *

서문회는 숲 위쪽으로 올라서는 연후를 발견하고는 안광을 번뜩였다.
'역시 네놈이었구나.'
피가 끓었다.
여기서라면, 그리고 이러한 상황이라면 연후의 숨통을 끊어 놓을 자신이 있었다.
아니, 하늘이 두 쪽이 나는 한이 있더라도 오늘 이곳에서 연후를 죽일 생각이었다.
"오십 장 앞이다! 묘인들은 독을 준비하고 모두 전속력으로 쫓는다!"
"예!"
"예!"
파파팟!
서문회는 숲 위쪽을 달렸다.
반면 연후는 숲 아래로 사라지고 없었다.

거리는 대략 오십 장 정도. 연후 혼자라면 따라잡을 수 없는 거리임에 틀림없었다.

하지만 서문회는 알고 있었다. 숲 아래에 야월을 비롯한 다른 놈들도 있다는 것을.

'끝장이다, 이놈.'

화아악!

* * *

파파팟!

야월을 업은 황태가 선두로 나섰다.

연후와 철우는 뒤쪽으로 빠졌다.

'녀석을 데려왔어야 했나?'

육손의 부재가 아쉬웠다. 그가 있었더라면 서문회는 몰라도 다른 적들은 쉽게 처치할 수 있었을 터였다.

"제가 시간을 끌겠습니다!"

"됐어. 함께 움직인다."

파파팟!

셋은 최대 속도로 달렸다.

하지만 황태가 상대적으로 속도가 떨어질 수밖에 없었던 탓에 적과의 거리는 점점 좁혀져 갔다.

연후는 숲 위쪽을 바라봤다.

흔들리는 곳과의 거리는 이제 삼십여 장. 하지만 숲 아래쪽은 차이가 제법 있었다.

'너도 혼자서는 달려들지 못할 터. 그렇다면 아직 여유는 있다.'

얼마를 더 달렸을까?

밀림이 끝나는 지점이 보이기 시작했다. 그 너머는 제법 넓고 긴 벌판이었다.

스르릉.

연후가 검을 뽑자, 철우도 검을 뽑았다.

"무리하지 마라. 그리고 너무 떨어지지도 마라."

"알겠습니다."

황태가 되돌아보며 외쳤다.

"계속 가면 되는 거요?"

"내가 따로 지시를 할 때까지는 계속 달리시오."

"다시 말하지만 나는 이자 때문에 목숨을 걸 생각은 추호도 없소!"

"알았으니 달리기나 하시오."

* * *

파파팟!

순식간에 연후 등을 따라잡은 서문회. 그는 나뭇가지

너머로 보이기 시작한 연후의 뒷모습을 응시하며 검을 뽑았다.

챙!

그때였다.

"혼자서 자신 있나? 있으면 내려와 보든가."

연후의 목소리가 서문회의 귓속을 파고들었다.

꿈틀!

정곡을 찔린 서문회는 얼굴을 붉혔다.

연후의 말처럼 혼자서 할 수 있는 건 아무것도 없었다. 되레 자신이 당할 가능성이 오히려 높았다.

서문회는 뒤를 돌아봤다. 응숙을 비롯한 남만군들은 삼십 장쯤 뒤쪽에서 달려오고 있었다.

'굼벵이 같은 것들.'

저들이 합세해야 한다. 특히 묘인들이 있어야 연후 등을 제압할 수 있을 터. 하지만 경공의 속도에서 차이가 나도 너무 나고 있었다.

기대할 것은 야월을 업고 있으니 도망치는 놈들의 속도가 느려지길 기다리는 것뿐이었다.

"네놈들이 어디까지 도주할 수 있을지 지켜보마."

"앞이나 보고 그런 말을 하지그래."

"흥! 벌판을 넘어서기 전에 끝장을 내 주마."

"그럼 졸자들에게 더 빨리 달리라고 재촉을 하든가. 저렇게 느려 가지고 따라잡을 수나 있을까."

바르르…….

서문회의 얼굴이 더 붉어졌다. 쫓는 자신보다 쫓기는 연후가 더 담담한 것에 화가 치민 것이다.

파파팟!

그 와중에도 밀림의 끝이 점점 가까워지고 있었다. 상대적으로 높은 곳에 있었던 서문회로서는 더 가깝게 느껴졌다.

'벌판을 넘어서기 전에 속도라도 늦춰야 한다.'

꽈악!

서문회는 지그시 입술을 깨물었다. 그러고는 속도를 올려 연후 일행을 추월해 밀림의 끝으로 날아갔다.

* * *

"우측으로."

연후의 한 마디에 황태가 우측으로 방향을 틀었다.

연후는 바짝 다가가 황태의 몸에 진기를 불어넣어 주었다. 그러자 다소 지쳐 보였던 황태의 혈색이 불그스름하게 돌아왔다.

"고맙수."

황태는 씩 웃고는 더 속도를 냈다.

한편 속도를 늦출 요량으로 추월해서 나갔던 서문회는 연후 등이 우측으로 방향을 튼 것을 조금 지나고서야 깨달았다.

그 짧은 시간에 거리가 확 늘어나 있었다.

서문회는 우측으로 방향을 틀었다. 그러면서 검에 공력을 끌어 담았다.

그가 노리는 이는 연후가 아니라 황태였다.

다시 이십 장, 십 장, 그리고 이내 오 장까지 좁혀들었을 때, 서문회는 밑으로 떨어져 내리며 황태의 다리를 향해 검강을 날렸다.

날아드는 검강을 보고서도 황태는 속도를 늦추지 않았다.

'막아 주겠지.'

연후에 대한 절대적인 믿음이었다.

그리고 그 믿음은 통했다.

꽝!

서문회가 날린 검강은 연후에 의해 막혔다.

힘과 힘이 충돌하며 수풀이 마구 흩날리면서 서로의 시야를 한순간 어지럽혔다.

그때 철우가 움직였다.

서문회는 한 줄기 섬뜩한 기운을 피해 좌측으로 몸을 날렸다. 철우의 공격은 간발의 차이로 나무를 베고 지나갔다.

퍽!

연후는 차갑게 웃었다.

"다급했던 모양이군."

그는 방향을 서문회 쪽으로 틀었다. 그러자 서문회가 다시 숲 위쪽으로 뛰어올랐다.

연후는 쫓는 시늉만 했다. 덕분에 다시 거리가 벌어졌고, 황태는 밀림을 벗어나 벌판으로 들어설 수 있었다.

파파팟!

방해되는 나무와 수풀이 사라지면서 속도는 훨씬 빨라졌다. 다만 적도 같은 입장이어서 거리를 더 벌리지는 못했다.

서문회는 연후의 뒤를 바짝 따라붙으며 강기 다발을 날렸다.

쐐애액!

이번에도 목표는 황태였다.

하지만 역시 연후에 의해 무위로 돌아갔다.

'빌어먹을……'

* * *

"후욱!"

황태의 입술을 뚫고 뜨거운 숨이 흘러나왔다.

연후의 도움으로 회복된 체력이 어느새 한계를 향해 치닫고 있었다.

"내가 업겠소!"

철우가 다가왔다.

황태는 사양하지 않고 야월을 건넸다. 그 바람에 시간이 다소 지체되면서 남만군과의 거리가 이십 장 안쪽까지 줄어들었다.

"후욱!"

다시 한번 크게 심호흡을 한 황태가 허리춤의 검을 끄르며 연후를 돌아봤다.

"그냥 칩시다."

"무리할 거 없소."

연후가 먼저 치고 나가자 황태는 고개를 절레절레 흔들며 그 뒤를 쫓았다.

파파팟!

벌판을 가득 덮은 수풀은 갈대만큼이나 억세고 길이 또한 매우 길었다. 초상비(草上飛)를 펼친다면 크게 문제 될 것도 없지만, 야월을 업은 철우는 그럴 수가 없었다.

때문에 거리는 급격히 줄어들 수밖에 없었다.

연후는 황태를 돌아봤다.

"더 가까워지면 서문회는 내가 맡겠소."

"알겠소."

그때였다. 뭔가가 허공을 가르며 날아왔다.

연후의 눈빛이 다급하게 변했다.

"철우! 독이다!"

시커먼 구슬 같은 뭔가가 연후와 황태의 머리를 넘어 철우를 향해 날아갔다.

팡!

수풀을 밟고 솟구쳐 오른 연후의 전신에서 붉은 광망이 일어났다. 광망은 독탄으로 추정되는 물체를 그물처럼 휘감았다.

퍼퍼펑!

폭음과 함께 붉은 연기가 피어올랐다.

다행히 연기는 철우와 야월에게 닿지 못한 채 바람에 쓸려 날아갔다.

번쩍!

독탄을 막아 낸 연후가 채 중심을 잡지 못한 상태에서 한 줄기 빛줄기가 그를 향해 날아들었다. 서문회가 날린 공격이었다.

피할 여유가 없었던 연후는 호신강기를 일으킴과 동시에 검을 휘둘러 쇄도해 들어오던 빛줄기를 후려쳤다.

꽈앙!

폭음과 함께 불꽃이 일었다.

짜작!

연후의 장포 일부가 찢겨 날아갔다.

연후는 연기 너머로 벼락처럼 달려드는 서문회를 볼 수 있었다.

찰나의 순간 둘의 시선이 얽혀들었다.

연후는 서문회의 두 눈에 담겨 있는 분노를 읽을 수 있었다. 분노의 이면에는 진득한 한까지 담겨 있었다. 저 분노와 한은 오롯이 자신을 향한 것일 터.

연후는 오히려 차갑게 웃었다.

"내게 불만이 아주 많은 모양이군."

* * *

씨익.

치아를 드러내며 웃는 황태.

황태의 두 눈에는 진득한 살광이 번져 가고 있었다. 그는 코앞까지 들이친 남만군을 향해 검을 겨누며 싸늘히 중얼거렸다.

"이런 느낌…… 나쁘지 않아. 후후후."

황태의 장포가 바람을 먹은 것처럼 부풀어 오르기 시작했다.

그때였다.

[철우를 도와주시오!]

"……!"

황태의 고개가 반사적으로 철우를 향해 돌아갔다. 남만군 몇 명이 철우를 쫓고 있었다.

꿈틀.

"빌어먹을 새끼들……."

쾅!

땅을 박차고 오른 황태는 가공할 속도로 허공을 갈랐다. 이미 그의 검은 핏빛 강기를 머금고 있었고, 한때 연후를 힘겹게 만든 적이 있었던 혈가 최강의 검법이 펼쳐졌다.

뒤에서부터 날아드는 섬뜩한 기운에 놀란 남만군들이 일제히 돌아섰지만 황태는 그들이 감당할 수 있는 존재가 아니었다.

슈아악!

퍼퍽!

"크악!"

"커억!"

두 명의 남만군이 상하체가 분리되는 참혹한 죽음을 맞았다.

황태는 치솟는 피를 그대로 뚫어가며 다른 자들을 덮쳤다.

"크악!"

"으아악!"

또다시 두 명이 피를 뿌리며 날아가자 남만군들은 철우를 쫓는 것을 포기하고 사방으로 흩어졌다. 그중에는 응숙도 있었다.

응숙은 황태의 가공할 무위에 경악하며 최대한 먼 곳으로 몸을 피했다.

'빌어먹을! 뭐가 저렇게 강해!'

응숙은 뛰는 가슴을 애써 진정시키며 남쪽을 돌아봤다.

그러고는 안도했다. 밀림을 헤치며 나서는 동료들을 본 것이다. 그 수가 무려 오백여 명이나 되었기에 안도감을 불러일으키기에 충분했다.

"크악!"

"……!"

수하의 비명에 응숙은 다시 두 눈을 부릅뜨며 남쪽으로 몸을 날렸다.

간발의 차이로 그가 섰던 곳에 황태가 날린 강기 한 발이 떨어졌다.

콰직!

응숙은 넘어가는 나무를 응시하며 가슴을 쓸어내렸다.

* * *

와아아!

갑자기 남쪽에서부터 터져 나오는 함성에 연후는 서문회를 공격하려다가 뒤로 물러섰다.

밀림을 헤치며 달려오는 수많은 적을 본 것이다.

'이런…….'

연후는 재빨리 철우와 황태를 살폈다. 철우는 벌판의 끝부분까지 이르러 있었고, 황태는 철우의 곁을 지키며 이쪽을 쳐다보고 있었다.

"다른 곳을 쳐다볼 여유가 없을 텐데?"

연후의 귓가로 서문회의 싸늘한 비아냥거림이 흘러들었다.

연후는 서문회를 돌아봤다.

"충분하지 않을까?"

"……뭐?"

번쩍!

연후의 전신에서 엄청난 빛의 폭발이 일어났다. 순간 서문회는 눈을 찌르고 들어오는 엄청난 빛에 고개를 돌리며 한 손으로 얼굴을 가렸다.

연후는 그때를 이용해 철우와 황태가 있는 곳을 향해 몸을 날렸다.

서문회의 두 눈이 살광을 폭사했다.

찰나의 순간에 연후는 이미 벌판의 끝을 향해 달려가고 있었다.

둘만의 싸움이었다면 극복이 불가능한 거리였다. 하지만 지금은 예외였다.

"어림없다, 이놈."

쾅!

* * *

어느새 야월은 황태가 업고 있었다.

철우는 엄청난 속도로 달려오는 연후를 돌아보고는 그 너머를 살폈다.

수백 명의 적 앞에서 서문회가 쫓아오고 있었다.

연후가 외쳤다.

"숲으로 들어가 길목이 좁은 곳을 찾아야 한다!"

"알겠습니다."

철우는 황태를 앞질러 선두로 나섰다.

연후는 황태의 바로 뒤를 따라잡고는 서문회를 돌아봤다.

"철우를 따라가시오."

"쪽수가 너무 많은 것 같은데, 정말 괜찮겠소?! 지금이라도 이자는 포기하는 게 좋을 것 같소만!"

 연후는 황태의 등에 업혀 있는 야월의 얼굴을 힐끗 쳐다봤다.

 "할 때까지는 해 봅시다."

 연후는 야월을 포기할 마음이 없었다. 물론 보다 큰 것을 얻기 위함이었다.

 하지만 상황이 녹록하지 않았다. 적은 수백 명으로 늘어났고, 또 언제 어디서 더 많은 적들이 나타날지도 모르는 상황이었다.

 물론 야월을 포기하면 문제 될 것은 없었다. 아무리 서문회가 강해졌다 해도 자신을 비롯해 철우와 황태까지 셋을 동시에 감당할 수는 없을 테니까.

 작정하면 언제든 빠져나갈 수 있다는 확신, 그것이 연후에게 가장 큰 무기였다.

 쐐애액!

 암기가 날아들었다.

 하지만 암기는 우거진 숲이 자연스럽게 막아 주었다. 몇 발이 숲을 뚫고 날아들었지만 연후와 황태를 뚫는다는 것은 불가능했다.

 파파팟!

 셋은 무조건 북쪽을 향해 달렸다.

 연후는 숲 위쪽을 응시했다. 여전히 서문회가 그곳에서

자신들을 내려다보며 쫓아오고 있었다.

"역시 혼자서는 아무것도 할 수가 없는 모양이군."

연후는 조롱을 멈추지 않았다. 최대한 서문회의 신경을 긁어 놓을 심산이었다.

현시점에서 가장 위협적인 것은 서문회의 판단력이었다. 그것을 흔들어 놓지 못하면 최악의 상황이 더 빨리 도래할 수도 있었다.

얼마나 더 달렸을까?

선두에서 달리던 철우가 전음성을 날렸다.

[전방에 암벽 지대가 있습니다.]

[그곳으로 간다.]

[예!]

철우를 쫓아 황태가 방향을 틀었다.

연후는 맨 뒤에서 서문회의 공격을 경계하며 간격을 유지했다.

한편 숲 위쪽을 달리며 연후 등을 쫓던 서문회는 숲 너머로 보이기 시작한 암벽 지대를 발견하고는 안광을 번뜩였다.

'저곳으로 들어가겠다고? 스스로 고립을 자초하다니. 어리석은 놈들······.'

암벽 지대를 두고 연후와 서문회는 완전히 다른 생각을 하고 있었다.

그것이 서문회의 패착이었다.

서문회는 그들이 암벽 지대로 들어가기를 바랐고, 그러했기에 속도를 늦추게 만드는 등 방해할 생각을 하지 않았다.

잠시 후 연후 등은 암벽 지대로 뛰어들었다.

서문회는 그 모습을 보며 회심의 미소를 지었다.

'제아무리 공력이 심후해도 사람을 업고 저곳을 넘어가려면 한계에 부딪칠 수밖에 없을 터. 드디어 네놈을 잡을 수 있겠구나, 이연후.'

아니나 다를까.

암벽 지대로 뛰어든 연후 등이 중턱 정도까지 올라가서는 움직임을 멈췄다.

서문회의 입가로 미소가 번져 갔다. 그는 뒤를 돌아보며 외쳤다.

"암벽 지대 주변을 포위하고, 신호탄을 쏴서 병력을 불러들여라!"

"예!"

* * *

"여기서 좀 쉬도록 하지."

연후는 암벽 지대의 중턱에 이르러 멈춰 섰다. 황태가

야월을 내려놓으며 크게 심호흡을 했다.
"후욱. 이건 정말 할 짓이 아니군."
그가 뒤를 돌아보며 물었다.
"여기서 멈추면 포위를 당하게 될 텐데 괜찮겠소?"
"지형이 우리 편이오. 이런 곳에서 우리 셋이라면 백만 대군이 몰려와도 며칠은 버틸 수 있을 거요."
"지원 병력이 오기를 기다리겠다는 것이오?"
"곧 올 거요. 어쩌면 벌써 오고 있을 수도 있고."
연후의 확신에 찬 어조에, 황태는 더 묻지 않고 허리춤의 물주머니를 끌러 목을 축였다.
그때였다.
퍼퍼펑!
하늘에 신호탄 세 발이 터졌다.
"병력을 불러들이려는 모양입니다. 아군보다 적군이 먼저 오면 문제가 심각해질 수도 있지 않겠습니까?"
"아군이 먼저 오기를 기대해 보자고."
연후는 바위에 걸터앉으며 목을 축였다.
황태가 그런 연후를 보며 씩 웃었다.
"어째 하나도 변하지 않은 것 같소?"
"변해야 하는 거요?"
"아니, 보기 좋다는 말이오. 후후후."
연후는 아래를 내려다봤다.

서문화와 남만군들이 초입에까지 이르러 대형을 갖추고 있었다. 다른 남만군들은 암벽 지대 주변을 에워싸고 있었다.

둘의 시선이 허공에서 얽혀들었다.

연후는 먼저 도발했다.

"올라올 자신은 있나?"

"곧 피눈물을 흘리게 해 주지."

"곧이라는 게 지원군이 올 때를 말하는 건가? 시간이 꽤 걸릴 텐데?"

"네놈이 할 걱정은 아니지. 어차피 시간은 우리 편이니까."

연후는 피식 웃었다.

"시간이 당신 편이었던 적은 한 번도 없었던 것 같은데? 백야벌에서나 대막에서나. 그랬더라면 이족들과 손을 잡을 일도 없었겠지."

"……!"

꿈틀.

서문회의 눈썹이 칼날처럼 휘어졌다. 연후가 정곡을 제대로 찌른 것이다.

연후는 한마디 더 날렸다.

"당신의 무능함 덕분에 대막은 우리가 잘 통치하고 있으니 걱정 말고."

바르르…….

흔들리는 서문회의 눈동자에 진한 살광이 내려앉았다.

황태가 히죽 웃었다.

"너무 세게 찌르는 거 아니오?"

"저자의 판단력을 흔들어 놓아야 하니까. 처음부터 그럴 작정이었소."

"하면 일부러 이곳으로……."

"그렇소."

"흐음."

작전은 일단 성공했다. 서문회가 냉철하게 판단했다면 자신들이 이곳으로 오르기 전에 수를 썼어야 했다.

'우리가 스스로 고립을 자초한다며 좋아했겠지. 그래서 마지막에 속도를 늦춘 것이고.'

연후는 주변을 둘러보았다.

누가 봐도 완벽하게 고립될 수밖에 없는 환경이었다. 서문회의 생각처럼.

연후는 다시 서문회를 내려다봤다.

"폭주를 했다고 들었는데…… 안색을 보니 후유증은 없었나 보군."

순간 서문회는 흠칫했다.

'저놈이 그걸 어떻게…….'

연후의 말이 이어졌다.

"아니지. 이미 충분한 흡혈을 한 건가?"

그 말에 황태가 눈이 동그래졌다.

"아니…… 저 늙은이가 흡혈을 한단 말이오?"

"아수라마공을 익힌 자가 폭주를 하면 그렇게 된다고 들었소. 실제로 그런 일도 있었고……."

황태가 기가 막힌다는 표정을 짓더니 돌연 서문회를 향해 소리쳤다.

"어이, 늙은이. 올라와서 내 피 좀 마시고 가지그래. 꽤 달달한 게 마실 만할 텐데 말이야!"

"누가 흡혈을 한단 말이냐!"

"한다며 개뼈다귀 같은 늙은이야!"

'저놈이…….'

서문회는 표정을 구긴 채 부정하는 수밖에 없었다. 아무런 증거도 없다지만, 혹시나 하는 의심만으로도 남만군 전체에 동요가 생길 수 있었으니까.

아니나 다를까. 응숙을 비롯한 주변의 남만군들이 서문회를 응시했다.

서문회는 태연스럽게 말을 이었다.

"본 좌의 흥분을 유도할 목적으로 헛소리를 하는 것이니 신경 쓰지 말고 자리를 지켜라!"

"……예!"

"술!"

"여기 있습니다."

서문회는 응숙이 건넨 술로 목을 축이고는 수풀을 뚫고 솟아오른 바위에 걸터앉았다.

'사천당가에서 여기까지는 제법 거리가 있다. 그에 반해 아군은 늦어도 두 시진이면 충분히 도착하고도 남는다. 이 싸움은……'

쫘악!

'무조건 내가 이긴다!'

* * *

주변을 둘러보고 온 황태가 어깨를 으쓱해 보이며 말했다.

"이거 아주 제대로 포위를 당했는데…… 이러다가 놈들의 본대가 도착하면 일이 꽤 심각해질 텐데 괜찮겠소?"

"시간이 있으니 기다려 봅시다."

연후의 느긋한 태도에 황태는 다시 한번 어깨를 으쓱해 보이고는 서문회를 내려다보며 다른 것을 물었다.

"저 늙은이하고 제대로 붙어 봤소?"

"아직."

"일대일로 붙으면 자신은 있소?"

"충분히."

"혹시 지금…… 내 질문에 답을 하는 것이 귀찮소?"

"조금."

"……."

머쓱한 표정을 지은 황태는 더 이상 묻지 않고 뒤로 물러나 바위에 걸터앉았다.

그때였다. 야월이 눈을 떴다. 혈도가 풀린 것이다.

야월은 철우를 올려다보며 힘겹게 말했다.

"나 좀 일으켜 주겠나?"

"그냥 누워 있는 게 좋을 것 같은데……."

"일으켜 주게."

철우는 어쩔 수 없이 야월의 상체를 일으켜 세웠다.

야월이 연후를 응시하며 물었다.

"어떻게 되었소?"

"포위당했소."

"……!"

"가주는 신경 쓸 거 없소."

"나 때문이오? 나 때문에 포위를 당한 것이오?"

연후가 대답을 하지 않자 야월이 눈빛을 떨며 말을 이었다.

"나는 그만 포기하시오. 대지존과 저들의 능력이면 십만대군이 에워싸도 충분히 빠져나갈 수 있을 터. 어서 가시오."

"그러기엔 내가 꽤 큰 것을 잃었소. 해서 끝까지 가주를 살릴 것이오."

"누가…… 죽었소?"

"아니오."

"그럼……."

"내 자존심."

"……."

연후는 미간을 좁히며 말을 이었다.

"가문에서 쫓겨날 때 이후로 이렇게 작정하고 도망을 쳐 본 것은 처음이오. 이 정도면 이해가 되겠소?"

"목숨보다 소중한 건 없소. 하니 그만 떠나시오."

"목숨보다 소중한 건 없다면서 왜 죽으려고 하시오?"

"내 자존심."

연후의 두 눈이 이채를 머금었다.

'상처를 입어도 호랑이는 호랑이였군.'

야월이 결연한 어조로 말을 이었다.

"이렇게 민폐를 끼쳐 가면서까지 목숨을 구걸할 생각은 없소. 그러다가 누구 하나 잘못되면…… 수치심에 죽어서도 눈을 감지 못할 것이오."

투두둑!

야월의 얼굴에 맺힌 땀이 턱 끝에 맺혔다가 무릎으로

떨어졌다.
 연후는 그런 야월을 무심히 응시하다가 입을 열었다.
 "공짜가 아니니 수치심을 느낄 필요는 없소."
 "뭘 원하시오?"
 "그건 나중에 따로 얘기합시다."
 그때였다.
 "주군."
 연후가 쳐다보자 철우가 눈짓으로 남쪽을 가리켰다. 자연스럽게 고개를 돌린 연후의 미간이 슬며시 좁혀졌다.
 남만군이 올라오고 있었다. 처음에는 얼마 되지 않는 듯하더니 시간이 지날수록 숲을 헤치며 나서는 병력의 수가 점점 늘어나고 있었다.
 뒤에 앉아 있던 황태가 다가오며 중얼거렸다.
 "거의 이만은 되는 것 같은데……."
 "철우."
 "예, 주군."
 "너는 최악의 상황이 아니면 가주의 곁을 지켜라."
 "……."
 "왜 대답이 없지?"
 "……알겠습니다."
 야월이 나섰다.
 "나도 싸우겠소."

"방해만 될 뿐이오."

"싸울 수 있소, 대지존!"

연후는 결연히 외치는 야월을 응시하며 무심히 말했다.

"그 힘 아껴 뒀다가 만약 우리가 당신을 구하지 못하는 상황에 처했을 때, 그때 쓰도록 하시오."

모종의 의미가 함축되어 있는 말에 야월의 두 눈이 가늘게 흔들렸다.

그는 연후의 그 말을 자결로 받아들였다. 그리고 그건 사실이었다.

연후는 황태를 돌아보며 말을 이었다.

"괜찮겠소?"

씨익!

"내 몸속에서 피 끓는 소리가 들리지 않소?"

"죽을 수도 있소."

"어차피 한 번 죽었던 목숨, 미련도 없소. 다만 저 작자는 여전히 마음에 들지 않소."

연후는 흐릿하게 웃으며 천천히 몸을 일으켰다. 그리고는 암벽의 끝으로 나아갔다.

서문회가 웃고 있었다. 그리고 그런 서문회의 뒤로 남만군이 새카맣게 밀려들었다.

황태가 연후의 곁으로 다가왔다.

"마지막 남은 술인데…… 한 모금 하겠소?"

"고맙소."

연후는 황태가 건넨 술병을 천천히 비웠다. 그리고 술병을 서문회를 향해 던졌다.

술병은 한참을 날아가 서문회의 바로 앞에 떨어졌다.

퍼석!

둘의 시선이 다시 한번 허공을 격하고 얽혀들었다.

'꽤 힘든 하루가 되겠군.'

(북천전기 30권에서 계속)

환상이 숨쉬는 공간 파피루스 blog.naver.com/gnpdl7

서생, 제갈현몽은 꿈을 꾸었다
무와 협이 아닌, 마법과 모험이 공존하는 신세계를!

『무림 속 마법사로 사는 법』

제갈세가 방계 중의 방계로서
표국의 문사로 일하던 제갈현몽

꿈에서 깸과 동시에 마법을 깨우치고
비범한 활약을 통해 명성을 떨치며
감당하기 힘든 별호를 얻게 되는데

"무후재림께서 오셨다! 무후재림 만세!"
"앗…… 아아…….'

세상은 영웅을 원하고, 출사표는 던져졌다
고금제일의 마법사, 제갈현몽의 행보를 주목하라!

무림속 마법사로
사는 법

김형규 신무협 장편소설